Os invasores

Romance

Direção Editorial: **Silvio Testa**

Coordenação Editorial: **Carla Fortino**
Edição: **Fabiana Medina**
Revisão: **Laila Guilherme**
Capa: **Fabiana Yoshikawa**
Ilustrações: **Joice Trujillo**
Diagramação: **Estúdio Dito e Feito**

1ª Edição: 2024

Dados Internacionais de Catalogação na Publicação (CIP)
(Angélica Ilacqua CRB-8/7057)

Queiroz, Dinah Silveira de
Os invasores : romance / Dinah Silveira de Queiroz ; posfácio de Ana Cristina Steffen. — 1ª ed. — São Paulo : Editora Instante, 2024.

ISBN 978-65-87342-67-2

1. Ficção brasileira I. Título II. Steffen, Ana Cristina

CDD B869.3
24-3365 CDU 82-3(81)

Índices para catálogo sistemático:
1. Ficção brasileira

Texto fixado conforme o Acordo Ortográfico da Língua Portuguesa de 1990, em vigor no Brasil a partir de 2009.

www.editorainstante.com.br
facebook.com/editorainstante
instagram.com/editorainstante

Os invasores é uma publicação da Editora Instante.

Este livro foi composto com as fontes Arnhem e Monroe e impresso sobre papel Pólen Natural 70g/m² em Edições Loyola.

FSC
MISTO
Papel | Apoiando o manejo florestal responsável
FSC® C008008

Os invasores

Dinah Silveira de Queiroz

Romance

POSFÁCIO

Ana Cristina Steffen

instante

Advertência ao leitor: Ambientado em 1710 e publicado originalmente em 1965, *Os invasores* deve ser compreendido em uma chave de leitura que considere tempo e espaço bastante específicos, uma vez que a racialização de pessoas negras e indígenas ocorre com os recursos desse tempo e desse espaço.

Mantivemos os termos "mulato/a", "negrinho/a", "escuro/a" e "índio/a", entre outras formas depreciativas de descrever o pertencimento racial de uma pessoa, que revelam a perpetuação de estereótipos racistas na vida social brasileira, para não enfraquecer a voz narrativa e preservar o uso empregado pela autora na contextualização do período histórico.

Sumário

Notas à primeira edição

A descrição da cidade foi baseada no Barão do Rio Branco, que assim retrata o Rio de 1710.

Senhoras Conversas: a autora se refere a uma ordem religiosa, então ainda não legalizada. Presumidamente, o convento descrito como situado no Desterro (Santa Teresa) seria uma chácara das freiras cujo convento localizava-se na Ajuda, hoje Cinelândia.

Dom Francisco de Castro Morais, dom Gregório de Castro Morais: não há historicamente nenhuma referência à possível nobreza do governador e do mestre de campo. Baseada, porém, em tratamentos antigos, a romancista "outorgou-lhes" o "dom".

Comprovação histórica de Os invasores: recomenda-se a quem se interessar pela apuração dos fatos que constituem o núcleo do romance a leitura de *Os franceses no Rio de Janeiro*, do general Augusto Tasso Fragoso, para citar apenas obra específica sobre o tema.

De como nasce o romance

Tem longa história *Os invasores*. Publicada *A muralha*, em 1954, pensei que estava apenas começando um ciclo: o do ouro. Nele, a epopeia bandeirante surgiria como a primeira fase — a do desbravamento, do sacrifício, dos iniciais movimentos de autonomia. Já *Os invasores*, retratando as expedições de Duclerc e Duguay-Trouin, mostraria a segunda e a terceira: isto é, a da resistência heroica do povo, de seus estudantes e depois a da degradação e a da rendição pelo mesmo ouro. No período de onze anos, redigi inúmeras fichas, consultei historiadores e documentos. Mas, numa viagem à Europa, foi perdido não só o original do romance, já com vários capítulos concluídos, como o material de pesquisa histórica a que deveria recorrer então, em Moscou, onde permanecia na qualidade de esposa de diplomata.

Não me abati com tão grande revés. Escrevi uma peça histórica, com os elementos de que dispunha em tal distância, pois não queria deixar de homenagear o Rio em seu IV Centenário. *Os invasores*, retratando o episódio Duclerc, foi estruturado em drama.

Voltando ao Rio, há um ano retomei a pesquisa e escrevi o livro, finalmente. À medida que o escrevia, mandava os capítulos para a revista *O Cruzeiro*. Desse modo estou presente, como pretendia há tanto tempo, com um romance do Rio da era dos corsários, nos quatrocentos anos da cidade. Mas, embora realizado o intento em toda a sua documentação, a obra se modificou totalmente na *terceira* fase. Já não é a continuação de *A muralha*. Tenho ideia de que, embora os episódios históricos, retratados num e noutro livro, distem de dois anos (a cena do Capão da Traição, descrita em *A muralha*, é de 1708, e a invasão de Duclerc, de 1710), o espírito de um século inteiro divide os dois romances. *A muralha* é o Brasil amanhecente, o sertão, a rudeza da vida em lutas com os índios. *Os invasores* é a cidade do século XVIII. No primeiro livro, as figuras são desmesuradas. No segundo, são miniaturas. Assim, não o rejeito, antes me enamoro de um século que iria valorizar a bufoneria tanto quanto o drama do amor e da morte. Faço uma pausa e me pergunto: teria sido o século ou o espírito do Rio de Janeiro que me impulsionou?

Tenho poucas esperanças de que *chegue* a Duguay--Trouin, pois, afinal, *Os invasores* bem se tornou livro autônomo. Sei que é preciso ter coragem quase suicida para mostrar corsários e assaltantes no Brasil. Nós não acreditamos neles, ainda que tenham entrado em nosso destino, em nosso sangue derramado do Rio de 1710 e 1711. Também é preciso ter, creio que até mesmo, temeridade para fugir totalmente à introspecção e fazer do diálogo, da linguagem, mais que do vestuário e dos objetos, a reconstituição histórica. Foi o que fiz, ou o que pretendi fazer, com a cegueira do amor ao tema que me consumiu tão grande período de vida.

Com as reverências da

Dinah Silveira de Queiroz

O Rio das doze mil almas

Era e não era São Sebastião do Rio de Janeiro. A cidade se arredondava em casas tortas, em árvores pesadas, já plena de graça de seus dias futuros. Nós estávamos um pouco ali, nas ruas turbulentas de vozes másculas e de mulheres espiando na sombra. Iríamos caminhar em sua rua Direita — hoje, Primeiro de Março. E em seus doze mil habitantes encontraríamos no reinol, no cigano, no preto, no índio manso ou, ainda, no homem do sertão, carregado do ouro das Minas Gerais, um avô, talvez áspero, sensual ou imprevisto. São Sebastião do Rio de Janeiro se animava entre o mar, aquele Morro do Castelo — que os mais velhos conheceram — e o São Bento estirando já o olhar austero no mesmo topo do mosteiro de sempre. E sua vala escura a desatar mosquitos, sobras e lixo, uma vala que vinha desde o Campo de Santo Antônio — hoje, Largo da Carioca — até a Prainha, nosso Cais do Porto. A simples casa do governador, não promovida ainda a palácio, ficava à rua Direita, em frente à rua do Palácio (ah, as nossas inapagáveis contradições!), que é, hoje, a da Alfândega... De um lado, o casarão da dita alfândega, de outro, um grande armazém: o trapiche da cidade (que logo mais conheceremos).

Campinas e pântanos se entremeavam à cidade úmida e branca. Brocados e joias, luxos nascentes, apareciam com o ouro vindo das Minas. Festas de igreja explodiam em fervores e antecipação de carnaval. Santa Teresa era o Desterro.

Dois caminhos abriam para o interior: um deles, Evaristo da Veiga, seguido pela rua Riachuelo, então Azinhaga de Mata--Cavalos. Outro: Frei Caneca — Mata-Porcos (na feiura dos nomes coloniais). Como veem, cidadezinha de nada (nem prestaríamos atenção se ela, hoje, desabrochasse numa visão de litoral, em viagem de barco). Mas esse mapa era estudado à sombra, e soldados-piratas aqui aportaram. Foi no dia do bom santo: São Januário. No dezenove de setembro...

Primeira parte

O trapiche

Capítulo 1

A arca e a rosa

Daniela atravessou o pátio da chácara do Desterro sem olhar para as *encostadas* que lavavam os pés em grandes tinas ali mesmo, debaixo do céu, no alvoroço do momento que se vinha abater sobre a serena vida das Senhoras Conversas. Nem ouviu o riso das mocinhas, nem os gemidos da freira *fundadora*, a velha demente que voltara a ocupar seu caixão na intimidade de sempre com a morte.

Cruzou o pátio e, descalça ainda, pois fora chamada ao assear-se, subiu a escada que levava à cela de irmã Maria Teresa, bateu na exígua porta e esperou. Era muito estreita a abertura, para que por ela não transitassem os pecados da gula. Só aquelas que jejuavam como a irmã poderiam ter ali caminho. A rapariga, descerrada a porta, passou de banda. Já lhe iam de raspão os peitos empinados, numa força de crescimento que não andava em seu poder; nem em rezas seria contida, nem em sacrifícios. A voz de irmã Maria Teresa veio, como um sininho triste e fraco, a esta hora matinal:

— Entra com Deus.

— Com Deus Nosso Senhor. Chamou-me a minha dona?

Um pé sobre o outro — bem sabia que os de uma donzela eram proibidos e que nenhuma senhora os mostraria com a facilidade com que exibia os seus, sempre enegrecidos pelo trabalho ou avermelhados por seu sangue jovem —, mirava embevecida a tarefa de irmã Maria Teresa. A freira debruçava-se sobre o bercinho de palha do Menino Jesus, nele vestindo a camisolinha do dia (o Menino tem sete para mudar, e hoje é quinta-feira, pensou, pois que se veste de azul).

— Ajuda-me que já lhe visto a faixa. Pronto. Meu lindo Deus Menino!

Beijou maternalmente o Menino Jesus. Colocou-o em seu berço de palhas douradas. Fez uma genuflexão e se voltou, depois, para Daniela:

— Chamei a menina... Tua mãe te vem buscar.

Coçaram-se um no outro os pezinhos — gordos e tisnados pombos aflitos — enquanto falava aos borbotões, explodindo em espanto:

— Ouve-se passar o povo aos gritos... que berros! Dizem até que arrastaram um grande canhão. E uma menina... ela não quis espiar o que não devia... Foi colher laranjas e viu um troço de gente armada com cavaleiros e escravos.

Irmã Maria Teresa distanciou-se, leve, cobrando ânimo para voltar a encarar Daniela:

— A madre superiora pensa que em tempo de guerra é melhor que as filhas se guardem pelas mães.

A *encostada* sentiu emoção forte na ameaça destemerosa. Quase chorou, atirando-se aos pés da freira:

— Mas, se minha senhora fica, então eu quero ficar aqui mesmo no Recolhimento do Desterro.

— Irás com tua mãe. Nós já não temos família. Aprendeste isso. Vamos todas rezar à capela, e Deus velará por esta chácara onde um dia teremos um convento.

Entre ambas, pousava um silêncio pesado. Docemente, docemente, irmã Maria Teresa voltou as costas franzinas, cercou-se da luz de sua cela, como pássaro encolhido. Daniela insistiu:

— Madama de minh'alma... Com todos esses perigos, que será do Menino Jesus? E de vossa arca com os vestidos do Reino? E de vossa rosa de ouro? — Levou a mão à boca, em seu sestro costumeiro, como se cometesse uma imprudência. — Com minha dona tenho mais coragem.

A religiosa arrastou-a para junto de seu catre, tomando-a pelo braço, observando-a decidida e aguda:

— Em tempos assim, não é da morte que vem o precipício pior. É do pecado. Tu só me dás cuidado, minha filha, porque não tens luzes bastante na cabeça.

Ajoelhada ao lado de sua senhora, a moça puxava a saia a encobrir os pés inda sujos. Mas a freira não notava, não mostrava o menor rigor. Olhava para longe, via um passado que ficava além dos mares.

— No Reino sempre se soube — disse ainda recolhida — que o demônio atiçava... e de que modo!... as donzelas.

A pequena protegida fazia rude esforço para acompanhar aquela divagação. Humildemente, Daniela confessou:

— Às vezes, puxo com força minha ideia, mas não vem. Fico toda parada por dentro. A minha mãe me chama *cabeça-dura*. Só a minha senhora...

Beijou com respeitosa paixão a mão da freira.

Irmã Maria Teresa interrompeu-a, rindo silenciosa como que para animá-la:

— Antes de partires vou dar-te uma alegria. Anda, podes abrir a arca. Avia-te que o tempo corre. Tua mãe já deve estar chegando.

O coração estremecendo, Daniela baixou-se e abriu a pesada arca. Sentiu os dedos grosseiros de trabalho deslizarem pelas sedas, passarem às rendas. Depois de tantas vezes em que se recreara vendo aquelas preciosidades trazidas do Reino, ainda se emocionava:

— Que longos vestidos fechados de se ir à reza! Que desnudos trajes de dança! E que vieses de ouro puro!

Fez afagos pelos vestidos, como se alisasse bichinhos de estimação. Mas logo irmã Maria Teresa mandou:

— Agora podes fechar. Tenho nela toda a minha vaidade... Guardo minha princesa defunta com peito desafogado.

Daniela perguntou com cuidado, não fosse a freira pensar que estava de caprichos... Mas talvez viesse o outro prazer:

— Posso ver a rosa?

Então a irmã tirou de cima de sua mesa a caixa mourisca, toda marchetada de madrepérola, e antegozou a alegria incontida da pequena:

— Abre, Daniela.

Daniela elevou a mão à caixa. Possuiu-a bem, entre seus dedos, e ainda deu um instante de espera à própria impaciência. Abriu-a, depois, apanhando de dentro o tesouro dos tesouros da religiosa: a rosa de ouro das Minas Gerais. A rosa toda de ouro puro.

— Parece tão fina! Delicada, como rosa que nascesse trigueira de sol. Que brilho! Mas se cair às mãos dos incréus? — Tapou a boca, no seu modo costumeiro.

Irmã Maria Teresa afugentou-lhe o medo:

— Quem vai procurar tesouros nos hábitos das pobres freiras? Se os franceses chegarem até nós... — Elevou as mãos ao alto. — Deus não permitirá. Buscarão a prata, o ouro no colégio e depois no São Bento. Quando terminar a guerra, entregarei esta rosa à Virgem do Rosário. Será minha oferenda pela vitória dos nossos.

Além do pátio, alguém batia à pesada porta, mas as pancadas chegavam amortecidas e doces na cela tépida, onde, no berço do Menino, havia folhas de malva e mais o capim cheiroso.

Beleguina, mãe de Daniela, estaria ali:

— Tua mãe já deve estar esperando no pátio — disse a freirinha. — Mas, antes que te vás, farei com que distingas o que é pecado.

— Terei de cantar os Dez Mandamentos quando estiver em perigo? — E se predispôs a rezar alto o que lhe haviam ensinado, mas a freira abraçou-a forte, e Daniela, nariz contra nariz, percebeu que a irmã cheirava bem como as criancinhas, enquanto lhe dizia:

— Tua cabeça não te ajuda para que entendas a Santa Lei. Lembra-te de mim e do que te digo: o pecado tem feiura triste que consome; já conheci sua pelada cara. É tão medonho e estranho que dá vontade de rir a princípio, quando o descobrimos, e de chorar depois, quando nos vemos como demônios feios por tê-lo praticado. Lembra-te: no começo faz rir, depois...

Então, de coração quente e precipitado, a irmã beijou a moça na testa. A *encostada* se retirou com o mesmo cuidado, passando pela porta negra. Mas guardou por momentos o hálito perfumado do Menino Jesus quando desembocou novamente no pátio, onde a mãe já a esperava.

Beleguina, viúva de um meirinho, viera buscar a filha com seu azedume peculiar. Vestira-se, entretanto, com um trato todo especial e enrolara vistosa mantilha sobre o saio carmesim de bainha cerzida, que lhe fora dado em troca de pequenos serviços por uma dama da cidade. Estava cansada e aflita. A guardiã aproveitava o momento para saber notícias. Era língua solta que as Conversas teriam de expulsar qualquer dia. A recém-chegada, porém, só fazia dizer:

— Até mesmo aqui no alto já corre a gente! Valha-nos Deus!... Valha-nos Deus! Não há mais sossego para cristão.

A guardiã, faminta de novas frescas, formiga preta e comedeira, correu em torno do alimento que a outra iria, fatalmente, entregar:

— Valha-nos Deus! Passou agora mesmo um povo a meio fardado, numa nuvem de poeira, com cavaleiros e negros apeados que se seguravam às selas e até um frade com a batina arregaçada... Deus me perdoe!, que a superiora não me ouça. — E ela persignou-se. — Era um magote que corria em confusão por aí afora... Não o viu por acaso a senhora dona Beleguina?

Mas, enquanto a guardiã ia deitando falações, uma voz nasalada e estridente veio vindo lá de fora.

Daniela, que se aproximava da mãe e da guardiã e ia calçando seus sapatos de festa, estacou pálida. Tudo como que ficara silencioso; nem riam as meninas, nem gemia a *fundadora*; cada vez mais portentosa era aquela voz insuportável e ácida que se fazia ouvir até que se deslindassem as palavras:

Que morra toda a canalha
Que o demônio enterre a gente
Não há na terra quem valha
O que cuspo do meu dente.

A guardiã encerrou seu ânimo perguntador. Ficou perturbada também, quase tanto quanto Daniela:

— Vão com Deus. Já está ficando tarde... Não se impressione, menina Daniela, sabe que é o cego mau... Deve estar acostumada.

Beleguina fez uma reverência:

— Com Deus fique a irmã.

Num instante, elas se viram fora do muro do Recolhimento das Senhoras. Estranharam-se um pouco uma à outra, a mãe e a filha, encontrando-se depois de tantos meses de separação. Antes, porém, de começarem o caminho, Beleguina quis apurar o que lhe haviam dado, em troca dos serviços de sua filha, as *convertidas*:

— Minha filha: aprendeste ao menos uma jaculatória contra os perigos de vida? Nestas ameaças dos hereges, nada melhor do que juntar defesas contra o Maligno.

Sentiu-se Daniela emburrada e estúpida ante a mãe tão bem-vestida, quase feita uma senhora:

— Nada sei, nada de especial, nhora mãe, mas posso puxar a ladainha dos mortos! Rezo uma jaculatória contra o raio e o trovão e outra para chamar o anjo da guarda. — Quis agradar a mãe: — Nhora mãe está garrida!

Beleguina assoprava esbaforida a mantilha:

— Meu anjo tem sempre a cabeça dura.

A guardiã do convento deixara seu posto e vinha animosa juntar-se a elas:

— Senhora dona Beleguina, parece que há mesmo alarma pelo Desterro...

De súbito, vindo de uma sebe, do outro lado do caminho, com seu bastão tateando a companhia, o cego apareceu rente às mulheres.

Daniela, que estremecera, mal lhe ouvira a voz, ficou apavorada:

— É ele, é o cego mau.

E queria esconder-se atrás da mãe, que lhe dizia:

— Mas então, cabeça-dura, não sabes que não te pode ver?

O cego divertia-se, parece, sentindo-lhe o medo, pois ria, um riso de dentes podres, movendo o cajado e como que se excitando no jogo. Já então não cantava; dizia seus versos, a saliva a escorrer pelas fendas dos dentes enegrecidos:

Que morra toda a canalha
Que o demônio enterre a gente
Não há na terra quem valha
O que cuspo do meu dente.

A alegria dele murchou de repente; recolheu o bastão de pedinte de todo dia:

— Tenham pena de um pobre escravo cego que soltaram sem compaixão pelo mundo depois das bexigas — sorria incerto — e já não tem senhor... Ser que mora debaixo de três pés de pau à frente da Misericórdia e que nem lá o querem. Ser que os franceses já vêm... — De súbito, empurrou novamente o bastão e, tateando, conseguiu, enfim, tocar em Daniela. Voltou à alegria primitiva:

Que morra toda a canalha
Que o demônio enterre a gente...

Ficou sorrindo e aguardando. A guardiã do convento pôs-lhe na mão uma moeda, e Beleguina, esta o enxotou, raivosa:

— Vai-te daqui, sarna!

O cego então largou sua voz poderosa, que encheu aqueles mundos cobertos de chácaras, de aflições, de gente que fugia, de povo que rezava, e foi praguejando sempre destemeroso:

— Ser que, se não me cobrirem, lá em cima tem quem destape tudo quanto é formigão que agora está bem escondido por aí. Eu digo isso com os poderes de Deus Padre... de Deus Filho e de Deus Espírito Santo. Tudo quanto é formigão vai ser destapado, se não me derem um buraco também.

Que horas seriam? Talvez dez da manhã. Pela estrada, rente às chácaras quase ermas, chegaram Beleguina e sua filha à visão da cidade lá embaixo, entre o Morro do Castelo e o Outeiro da Glória. Morosas badaladas desatavam e subiam estalando perto, num chamado persistente. Passavam agora alguns estudantes, apenas em camisa — não estavam fardados como as outras tropas. Mais além, já quase à vizinhança das obras das Águas da Carioca, houve uma cena de choros. Mulher e filhos partiam de liteira, e o homem — um senhor com seus escravos — tomava uma bestinha parda para correr às ordens do governador. Beleguina quis empregar simpatia e palavras, barafustou-se por entre a comitiva que ia ao Engenho de Cintra, onde a família tinha rica fazenda de açúcar.

A mulher, porém, estremecida e chorosa, correu as cortinas da liteira. E o marido se distanciou, empunhando um gordo para-sol aberto, pintado com anjos e nuvenzinhas, que fez Daniela cismar. Tanto mais desciam, quanto mais os sinos se faziam perto. De todas as igrejas rompia o chamado.

Beleguina resmungou:

— Praza aos céus que encontremos refúgio na Igreja do Carmo.

Já estavam no baixo, e uma profusão de gente a meio fardada vinha cruzar com elas:

— Nhora mãe — disse Daniela —, já avistamos a Ajuda. Teremos de caminhar muito?

Beleguina resmungou:

— Se te queixas, só porque não tens os pés ainda educados, arranca os sapatos, pois.

— Paciência, nhora mãe, ainda não estão domados, mor de minha vida com as freiras. Não saio nunca.

As primeiras casas se aferrolhavam; fechavam-se as portas; cegavam-se as janelas. Um bando de ciganos passou por elas. Estudantes armados corriam. Beleguina explicou à filha:

— Vão todos à trincheira do Fogo. A cidade está bem fechada.

A filha não ousava fazer maiores indagações, porque a mãe tirava bentinhos do vestido e os beijava aflitamente. Nas Conversas tudo lhe parecia claro. Mas que mundo tão atrevido, tão desconfortável este cá de fora! Estavam trancando a cidade, como aferrolhavam as casas... Por que pareciam ter tanto medo?

Um aguadeiro negro passou por elas, pousou a pipa ao lado e rompeu a gritar:

— Francês está perto! Francês subiu e vai tomar o Desterro. Água fresquinha, água! Água pra susto... água pra ferver e despejar em francês!

Já haviam caminhado muito. Por toda parte, janelas fechadas, povo embuçado correndo, estudantes guardando herdades e igrejas; os sinos tangendo sempre. Na Igreja do Parto, pequena trincheira havia. Homens munidos de pás inda cavavam uma defesa improvisada. Beleguina deixou Daniela para trás, puxou um deles pela gola:

— Caminha até o Carmo — disse-lhe o moço. — Aqui dentro só se abre às mulheres prenhes: és viúva e a outra donzela, bem se vê. Mas anda depressa. — O moço enxugava o suor. — Tudo se fecha agora, bem sabes disso.

Arrastavam agora os passos pela rua de São José. As casas enrodilhavam-se umas às outras, cegas e fechadas. Por cima do telhado, vultos espreitavam apreensivos.

— Nhora mãe, lá está aquele homem juntando pedras à borda do telhado. Tenho medo...

— Cabeça-dura, são pelouros para matar franceses! Anda depressa!

— Nhora mãe, o aguadeiro diz que francês vai tomar o Desterro!

— Pois limpa tua cabeça e põe mais brio nas pernas! Do Santo Antônio ao da Conceição fica a trincheira de dom Francisco. Tem mais de dois mil homens a seu serviço. Quando fui para o convento, pus os olhos, de longe, nela. É coisa estrondosa e sem igual. Não me faças aflições maiores do que as minhas.

Começou a soprar um vento rasteiro, levantando nuvens de poeira. Desembocaram, enfim, no largo, todo povoado de um desprender de pós, que enovelava o pelourinho deserto e ficava suspenso à beira do entrincheiramento que se fizera, também para a Igreja do Carmo. A multidão queria forçar a porta. Ficaram as duas pasmadas, vendo fechar-se, e mesmo agora, justo, a larga porta. Mas a viúva do meirinho era esperta:

— Dão-me licença que vou em nome do senhor bispo!

Refluíam sobre ela os ciganos, aos encontrões. Alguém disse entre eles:

— Para nosso povo não há asilo na Igreja do Carmo. Vamos depressa daqui!

Já se havia formado um pequeno bando de gente desesperada. Mulheres gemiam ameaças e pragas; outras se assentavam rentes às trincheiras. Não queriam arredar dali. Beleguina conseguiu atravessar a passagem repleta de povo até a porta da igreja, sempre com finórias palavras — "Em nome do senhor bispo" —, mas, ao chegar ao pórtico, um guarda a empurrou com seu mosquete.

Lá do alto, pondo a cabeça numa das ogivas, outro guarda, este um estudante, aumentou a desordem do momento discutindo com o de baixo.

— Para esta lindeza, a gente se aperta! Deixa-la entrar! — E risos se esfacelaram no vento.

O guarda, porém, empurrou decididamente mãe e filha com o cano da arma, até que cruzassem a trincheira, passassem pelo bando dos que esperavam refúgio. Ativou, agora, uma corrida que seria para qualquer parte, onde se encontrasse o bendito esconderijo:

— Corram vosmecês. Não percam tempo!

No vazio da praça ficaram, ambas tontas e perdidas. Os sinos agora repicavam tão vigorosos que os ouvidos doíam, batidos pelas badaladas intensas e agourentas. Beleguina tirou um lenço e começou a limpar a poeira do rosto, e a filha não soube se ela estava chorando ou zangada. Os guardas expulsaram, por fim, os que teimavam em frente à igreja. Houve gritos, correram meninos e mulheres.

Daniela teve vontade de chamar a irmã Maria Teresa em seu socorro. Todavia, em vez disso, só fez perguntar, os olhos piscando de encontro ao vento:

— Os franceses virão por aqui? Ou por ali?

Capítulo 2

O muro de vidro

Desarvoradas paravam Beleguina e Daniela em meio à praça vazia, cercadas de vento e pó. Confusamente, rompiam o ouvido de Daniela as preces e lamentações da mãe:

— Ajuda-me, meu santo Antoninho... Socorre-me, São Sebastiãozinho... Não te ofendas por chamar-te em segundo lugar. Sei que és o dono da cidade, mas...

Beijando seguidamente medalhas e bentinhos que extraía sempre do vestido, ela prosseguia cansada:

— Santos Anjos, Almas do Purgatório, intercedeis por nós... se não por mim, pelo menos por esta inocente...

Aquilo vinha aos bocados. Era uma espécie de choro, que se tornava palavra e explodia. Daniela simplesmente aguardava. Por que a mãe fora tirá-la de sua quietude no convento? Mas era demasiadamente humilde para reprová-la.

Foi então que a figura de uma nobre dama como que nasceu de uma nuvenzinha de pó e se corporificou, certa, junto delas. Toda vestida por um manto azul-escuro, só em sua pisada se reconhecia a dignidade de quem vinha. Ao fazer a descoberta, reconheceu Beleguina na imagem que o vento como que lhes trouxera de graça a cunhada do senhor governador, dona Inês! Pressurosa, Beleguina tomou-lhe a frente, inspirada pelo encontro verdadeiramente miraculoso:

— Senhora dona Inês, mas aonde vai, posso saber? Assim, pelo chão, sem companhia...

O vento, levantando a parte do manto que descia sobre a testa, altiva cabeça liberou, e Daniela viu que ela era como que pendurada lá no alto, tal qual a das Virgens, muito mais alta sobre os ombros que o corriqueiro das damas.

Dona Inês, serenamente, respondeu:

— Vou ao trapiche.

Daniela intrometeu-se, gaguejando:

— Mas lá é seguro?

A dama a encarou com reserva e frieza:

— Não temos muita escolha.

Em seguida, como se dispusesse a caminhar em direção ao trapiche da cidade, um grande armazém que ficava à beira-mar, teve o gesto de quem se lembra e voltou o rosto para elas:

— Vosmecês, se quiserem, podem vir comigo. Sozinhas, não creio que possam entrar.

Dirigiram-se para o trapiche. Começou-se a ouvir o primeiro arruído dos tambores, que se casavam à torrencial voz dos sinos de toda a cidade de São Sebastião do Rio de Janeiro neste dia 19 de setembro de 1710.

*

Estavam dentro do casarão, do grande armazém à borda do mar, um tenente, um estudante e um soldado que montavam guarda ao velho depósito do senhor Gaspar Soares. Para ali iam as mercadorias da alfândega. O soldado e o estudante se recostavam às rodas de velho carro, jogando cartas. Subia dos tonéis, junto, o cheiro do vinho azedo, vindo de pipas fendidas. Cordões de cebola enovelavam-se por cima do novo e majestoso órgão trazido para a Sé. Por toda parte, fardos, arcas, grandes velas de igreja.

O tenente, inquieto, perquiria pela ogiva, que dava para o embarcadouro, as distâncias que escondiam as naus francesas. Águas corredeiras batiam no edifício. Vez por outra, marulhavam também lá em cima vozes das mulheres que se haviam abrigado no segundo andar; isso, para desgosto do oficial.

Bateram à porta. O estudante, meio amolentado, levantou-se. Tinha sempre um jeito compassado e cauteloso, pisando. Olhou pela abertura, desaferrolhou uma banda da madeira, desempenando-se todo:

— Mas que honra! É o próprio senhor governador! Bons olhos o vejam, e também seja bem-vindo, dom Gregório!

Com o governador, dom Francisco de Castro Morais, e seu irmão dom Gregório, mestre de campo, vinha uma terceira personagem, o ordenança de dom Francisco.

O governador penetrou no desmesurado armazém e foi passeando a farta pessoa e a voz grossa. Via-se bem: ali chegava o braço de El-Rei pela postura agora obsequiosa do tenente, que compunha nervoso a farda desabotoada, pelo pulo do soldado que se pôs de pé, sacudindo as palhas que lhe iam pela calça. Entre os três recém-chegados havia afinidade peculiar. Dom Francisco, a primeira figura, desabrochada, viçosa, o sangue nas faces, o cabelo negro e a profusão de prata pelo fardamento; já o irmão, dom Gregório, era a mesma pessoa, mas reduzida, bem se lhe viam os traços semelhantes, os mesmos lábios grossos, o cabelo tão negro e a tez sanguínea, sendo tão alto quanto o irmão, era minguado de carnes, de desenvoltura e de brilho no vestir a farda; já o terceiro, simples ordenança, em se parecendo com os outros, vez por outra, em seus modos, como que imitando os irmãos, tinha a farda incompleta, estava vestido a meio como soldado; o resto eram pano surrado e velhas sandálias de comer recados e caminhos. Dom Francisco aprumou-se junto da janela:

— Mandei colocar seis canhões aqui, mas só vejo dois... É pouco.

Então o estudante imiscuiu-se ali junto e, desempenado, gingando como um periquito num galho, foi dizendo:

— Mas tudo aqui é sempre assim! E, como o senhor governador e nosso mestre de campo podem saber, também não há pólvora bastante nem soldados... Já que nós, estudantes, não somos considerados como tais, apesar de formarmos uma companhia...

Dom Francisco, que se havia encostado à parede pegajosa e mofada, tirou um lenço, esfregou o pulso e mirou o jovem com ar sacerdotal:

— Falas demasiado. Aconselho-te mais discrição.

Mas dom Gregório interveio:

— Ele tem razão. Mandarei colocar as peças para a defesa do trapiche e homens suficientes no cimo da casa. Já deveriam estar de vigia.

Sempre farto e paternal, o governador abraçou o estudante — era o seu jeito de conquistar os homens desta terra de São Sebastião do Rio de Janeiro, que se vendiam mais pelo abraço.

— Em meu nome, manda trazer dois homens para guarnecer esta porta. Há estudantes demais, pendurados aos montes, em minha casa. — E a grande face tremeu num riso.

— Assim, pelo menos, o senhor meu padrinho dom Francisco se livra deles — disse o ordenança.

Mas o irmão, mestre de campo, não concordava. E seco e um pouco brusco, sem mostrar respeito exagerado ao governador, e sim intimidade fraterna, fez um gesto ao estudante para que esperasse:

— Deixa-los ficar onde estão.

Como o murmúrio das mulheres passasse à voz declarada, ele se lembrou delas e ordenou:

— E vejo o risco a que as mulheres se expõem se subirem ao terceiro piso, que deverá ser o alvo da defesa do São Bento caso tenhamos surpresas vindas do mar...

Subiu o tenente para as alturas do prédio com o soldado. O estudante saiu para trazer reforços. Os dois irmãos ficaram livres e sós na grande sala do trapiche — isto é maneira de dizer, porque o ordenança olhava, fingindo, as águas batendo no ancoradouro, mas o ouvido lhe crescia na sede habitual de ouvir conversas importantes. Aproveitando o esquivo momento de intimidade, dom Francisco disse:

— Será preciso mostrar mais confiança. Por que tens, hoje, uma cara tão fechada? Estamos prontos para enfrentar o invasor ou não estás de acordo com meus planos? — E, ao perguntar isso, paternal e avassalador, ia apanhando o mano pelo ombro, quase como quem ensaia um passo de dança.

Mas dom Gregório não era homem de abraços nem de dar braços a irmão e respondeu com secura:

— Eles me parecem certos. Fechar o caminho dos franceses e atraí-los a um combate fora da cidade, no campo, será, no momento, o que temos de fazer. E, felizmente, até mesmo os escravos mais preguiçosos trabalharam sem descanso nestas duas noites. — Estudava agora dom Gregório a espessura e a resistência das paredes. Encarou o irmão, sempre um pouco ácido: — Acredita. Minha cara nada tem a ver com esta situação.

Imperceptível, a cabeça do ordenança girava de maneira a que o ouvido se ampliasse:

— Há oito dias — continuava dom Gregório —, há oito dias os invasores desembarcaram em Guaratiba. Virão por estes matos, cansados, esfalfados, decerto. Acredito que até mesmo sem poder arrastar seus canhões. É uma empresa louca para quem desconhece nossos *belos caminhos*. Mas esta espera...

Untuoso e amplo, o vozeirão de dom Francisco, embora contido, ressoava no ouvido do irmão:

— Nada de temor. Nossa trincheira é maravilhosa! Eu mesmo, antes de vir, contemplei com estes olhos o trabalho de nossos homens. — Festejou consigo mesmo, encantado. Ficou tão ágil e fofo que deu meia pirueta, quando luziram espada e adaga, botões de prata: — Quisera que El-Rei, em pessoa, pudesse sentir bem de perto a grandeza de nosso trabalho. Nem mesmo no Reino, acredito, já foi cavada defesa tão segura, a isolar completamente uma cidade! E isso, como disseste muito bem, em apenas duas noites!

Entre eles, passou uma rajada de vozes femininas, vindas lá do alto. Dom Gregório alheou-se, caiu em meditação.

O governador, sempre bonachão, brincou:

— Gostarias, por acaso, de estar ainda nas Minas?

Mas o mestre de campo não respondeu gentil à brincadeira:

— Não serei eu o covarde. — Sentiu-se que alguma palavra estava além daquelas palavras e daqueles gestos, apenas esperando o momento para estalar de seu mistério. Ela veio, por fim. Disse Gregório: — No pouco que dormi, mano, tive um sonho... Ele me persegue. Um sonho que ainda agora me põe gelo na espinha.

Se orelhas crescessem de tanto ouvir, o ouvido esquerdo do ordenança se abriria como flor ao sol. O governador bateu no ombro do irmão, sempre bem-humorado:

— Ah! Os teus pesadelos! Guarda-os contigo — baixou a voz ainda —, para que os estudantes não façam correr histórias.

Nessa altura, o ordenança sentiu que era melhor sair da sala e o fez com pena, mas rapidamente. Dom Gregório de Castro Morais, seco e rijo até então, bem se foi desentorpecendo, como que entregando toda a crueza:

— Francisco, meu irmão, é preciso acreditar nos sonhos. É o que nos ensina a Bíblia Sagrada.

Rajadas frescas de vozes femininas se interpuseram ao diálogo. O governador ciciou, dessa vez sem sorrir:

— Pois conta lá o sonho, se é que isso pode melhorar teu ânimo.

Dom Gregório deu um suspiro, um triste suspiro de homem que vigia a si mesmo e toma conta de sua postura e que só lá por uma vez ou outra deixa a alma escapar pela palavra:

— Sonhei... sonhei que estava preso a um muro. Sentia até a pedra a apertar-me o peito. Mas era de vidro, e eu podia ver Inês através dele abraçada a outro homem...

O governador ficou perturbado. Como que sua face esplêndida descaiu:

— Mas quem era ele?

— Estranho... Não tinha rosto.

Dom Francisco voltou a seu tom jovial:

— E é este sonho tão pobre que ofereces como um grande sonho? — Passava a mão sobre os lábios úmidos e grossos. Sorria mais francamente: — Quando tudo terminar, será bom tomares algumas sangrias para que te alivies dos pesadelos.

Voltou à sua meia pirueta. Seu peso se tornou leveza e ânimo:

— Teu sangue deve estar grosso demais, mor de tuas andanças pelas Minas... — Olhou para um lado e outro, certificando-se de que continuavam sós. E, com certo entusiasmo incontido, terminou: — ... e tuas dormidas com as negras!

Ia responder Gregório de Castro Morais, que dessa vez não conseguiu reter o riso, mas uma voz mais alta do que todas brotou do tumulto feminino, lá do alto. Multiplicaram-se pisadas pela escada abarrotada de fardos e caixotes:

— Ó da guarda!

E, logo em seguida, apareceu a dona do trapiche, a rica mulher de Gaspar Soares. Vinha seguida de uma vistosa companhia feminina, toda ela usando vestidos abertos e frouxos, cabeças descobertas, na moleza da intimidade caseira, os cintos desafrouxados, borzeguins leves, de pano.

— Mas é o senhor dom Francisco! Cuidava que estivesse no Campo do Rosário!

O governador caminhou para ela, fez uma reverência, e assim bem se viu que o Governo de El-Rei saudava a riqueza da terra:

— Senhora minha... Certificamo-nos da defesa deste trapiche.

A senhora, que tinha o calor do sangue das ruivas providas de carne e emoções desafrouxadas como as roupas, não teve a menor discrição:

— Valha-me Deus! Aqui haverá algum perigo? Senhor governador, o que dizeis é muito de desapontar. Sabeis que tenho em nosso armazém sessenta mulheres. Verdade que umas poucas só aqui comigo, as outras do lado do embarcadouro...

O governador tomou a mão da dama, deu-lhe tapinhas:

— Pois que se juntem as sessenta para rezar por nós todos.

Mais mulheres desciam a escada lodosa; algumas escorregando, outras segurando-se às companheiras. Umas aos risos, outras ao sério, e um pequeno grupo de faces femininas cercou o governador e a dona do trapiche:

— Sabeis que vale muito a espada de meu mano dom Gregório — dizia dom Francisco, e as mulheres voltaram a cabeça de cores e idades diferentes para o lado do mestre de campo —, que veio das Minas Gerais só para acudir-nos, porém, mais do que sua espada, e, com perdão de seus melindres... — enquanto o governador falava, dom Gregório mantinha a fisionomia fechada, sem dar muita atenção à conversa, andando de um lado para o outro —, ... vale o bastão que entreguei a Santo Antônio... — Dom Francisco encantava-se consigo mesmo e não reprimia o pequeno discurso que estava guardando apenas à beira do lábio: — Mais vale o bastão que entreguei a Santo Antônio. — Juntou as mãos. — Era de se ver o quadro, gentis senhoras. Todos ali formados ao lado da trincheira: as companhias da cidade, os mercadores, dos quais sobressaía seu esposo, dom Gaspar, senhora minha: toda a nobreza reunida com seus escravos e, como que milagrosamente, todos dormidos e animados depois de duas noites em claro... duas noites!... de trabalho. Foi quando o provincial do convento, em visita ao campo...

Dom Gregório deixava de preocupar-se consigo mesmo e fitava o irmão, braços cruzados, com certa ironia. Depois voltou às preocupações e às nervosas passadas, mas o governador continuava discursando para as mulheres, que o ouviam de olhos redondos e beiço bambo.

— O provincial, ali mesmo, rezou a santa missa.

A dona do trapiche cortou, porém, a embevecida oração de dom Francisco.

— Que responsabilidade é a minha... Guarda de sessenta mulheres! Se este armazém é lugar bem seguro, por que haveis de guarnecê-lo com canhões, se mal pergunto?

Airoso em sua gordura, confortado apesar da farda justa, as longas meias brancas apertando as pernas ágeis, dom Francisco fez um passo quase reverencial:

— Senhora minha, é preciso não esquecer as coisas mais simples. Este armazém está à *beira-mar*. Mas nós já sabemos que os franceses estão chegando *por terra*, e não por esta banda do mar. Entretanto, antes zelo perdido do que nenhum cuidado.

Cabeças castanhas, pretas, brancas, louras baixaram, concordando. Mas o governador queria o apoio do irmão; tirou-o do seu ensimesmamento:

— Conta-lhes quais são os nossos chefes... invencíveis!

Dom Gregório afligiu-se com aquele conversar imoderado:

— Não percamos mais tempo, meu irmão.

— Temos calma suficiente. Há oito dias que esperamos.

À beira do círculo das mulheres aparecia, agora, a escura face do ordenança, que estava de volta e participava da reunião, sempre à espera de um recado súbito.

O governador usufruía em plenos sentidos aquele momento e não cedeu aos rogos de dom Gregório. Do grupo de senhoras destacou-se, então, a mulher do capitão Da Silva. Vinha toda abotoada e fechada; a única que assim estava. Sua graça juvenil tinha qualquer toque másculo. Era um donzel, a engraçada capitã.

— Já lhes disse, senhor dom Francisco — e ela se referia às companheiras —, antes que haja batalha no Campo do Rosário, nossa cavalaria terá calcado às patas os invasores...

O mestre de campo puxou o governador pelo braço. Dom Francisco degustava o momento, e nem mesmo a guerra o faria perder:

— Por acaso o nosso irmão terá ciúmes de nossos chefes?

— Nenhum ciúme, querido mano. — E o seco dom Gregório bem se adoçou, numa reverência propositada. — Antes, pelo contrário, a mais profunda devoção por eles. Pois todos já sabem que estamos às ordens de Santo Antônio e de São Sebastião... — Entreolhou-se o mulherio com orgulho e confiança. Dom Gregório continuou: — Nosso governador, dom Francisco de Castro Morais, passou uma patente de capitão de infantaria. — E ele olhou em torno para apreciar a expressão das mulheres. — Uma patente *paga* a Santo Antônio, que até então só recebia o mofino soldo de soldado. Nossos corações se dilataram... — ele falava em tom de discurso meio irônico, mas o governador não percebia e aprovava a arenga com delícia — ... quando, diante de mais de dois mil homens, o nosso dom Francisco saudou Santo Antônio, reconhecendo-o como chefe de nosso exército. — Ele continuava a observar o efeito de suas palavras na fisionomia das mulheres. — E, senhoras, na mesma ocasião, São Sebastião mereceu igual honraria; pois é preciso não esquecer nunca que lhe devemos uma vitória milagrosa no tempo da fundação da cidade... — O governador ia quase à beatitude, contemplando a aquiescência fervorosa das mulheres. Dom Gregório continuava: — Com generais desse porte, não há guerras perdidas, senhoras minhas. — Fez outra reverência.

Estava o governador ainda degustando os louvores das mulheres por sua tão sábia nomeação — quem poderia duvidar da eficácia dos Santos Generais? — quando a pesada porta se abriu toda em estrépito. Voltava o estudante, agora acompanhado de outro jovem. Era Januário, figura conhecida de toda a cidade, o poeta-alfaiate, a fazer circular vestimentas e versos na intimidade de toda a gente. Januário tinha os longos cabelos em desalinho, a camisa rasgada e aberta — o que não era do costume de homem de lidar com linhas, boa costura e versos para cantos de igreja e serenatas de namorados. Vinha cansadíssimo. Arfava tanto que mal fez a reverência:

— Senhor dom Francisco, está havendo forte combate no Desterro!

Gregório de Morais apanhou-o pelo pescoço:

— Não é verdade, não pode ser! Este homem mente! — Baixou sobre a face vermelha de Januário. — Vens de lá? — Largou o amolengado, quase caído no chão. — Cheiras a cauim.

Em seu desalinho, ofendia-se Januário, mas erguia a voz, convicto:

— Não, eu não venho de lá, mas é verdade. É verdade, dom Francisco. Eles se refugiaram até na capela de Nossa Senhora do Desterro, onde se fizeram fortes...

Dom Francisco vestiu a soberba dignidade de governador para declarar:

— Se tu mentes, não terás mais língua para molhar a linha. Esta língua tão esperta, que estala nas poesias como no enfiar da linha na agulha! — Dirigiu-se a dom Gregório: — Voltemos já, meu irmão.

Mas o ordenança atravessava o cerco das mulheres, que explodiam em lamúrias e espanto. Buscando agradar ao governador, dizia a Januário:

— Não bebas tanto, poeta! Como alfaiate, terás de cuidar das nossas fardas para as festas da vitória!

*

Dona Inês, Beleguina e Daniela davam, caminhando sempre, as costas à barulhenta estudantada cavando um fosso em frente à casa do governador.

Vinha até elas o cheiro de maresia, um resto de odor do peixe que passara pelo mercado. Nas três arcadas vazias, somente velhas esteiras rasgadas batiam ao vento. Nenhum rumor de vida no lugar onde Daniela, acompanhando a mãe às compras, costumava ver o formigueiro de gente. Depois da avantajada casa do mercado, vieram as moradias baixinhas e avarandadas do senhor Gaspar Soares e, logo ao lado, o trapiche. Ao fundo, a Igreja da Cruz e a água azul entremostrada junto ao grande armazém para onde se dirigiam na busca do refúgio.

Respeitosamente, Beleguina guardava distância de dona Inês. Ia calada a viúva, embora ardesse por perguntar: "Por que vosmecê não foi embora com a família do governador? Por que não se abrigou longe daqui, como tantas mulheres de prol?".

Dona Inês, passos curtos e rápidos, parecia suspensa pelo vento. Custava a Daniela segui-la com os pés tão doloridos.

A dama elevava a mão à aldraba e batia à enorme porta do armazém da cidade. Fez-lhe passagem o ordenança, e dona Inês se viu diante do marido, que, acompanhando o governador, estava pronto para deixar o trapiche.

A dama pareceu então decrescida, menina, e, de riso desatado e humilde, tomou afetuosamente a mão do marido:

— Que Deus te proteja.

Pretendia decerto fazer despedida mais longa, mas, cumprimentando seco e rápido, ele se afastou ríspido e triste. Dona Inês, com Daniela e Beleguina, eram agora recebidas pelo mulherio que se desatava em perguntas sobre as novidades da guerra.

Capítulo 3

O banho da senhora dona Inês

Antes de voltarem ao piso lá em cima, as mulheres ainda teimaram em conversar um tanto no velho saguão do trapiche. A mais açodada era a capitã. O vestido severo recebia, lá nas alturas, um destrançar de cabelos louros, duros e fortes que se empinavam enérgicos quando depois, desapontada com as respostas de dona Inês, bem se voltou para o alfaiate Januário:

— Se foi verdade o que disseste, então meu marido, o capitão Da Silva, deve ter fechado o caminho aos franceses.

Em desalinho ainda, Januário era homem mais fino e limpo do que o comum dos habitantes da cidade. Não estivera tão descomposto pela emoção, e seria possível nele apreciar o bom pano da calça, as meias de malha mais fina e os sapatos irrepreensíveis, por certo vindos do Reino. Passava o lenço pelo rosto e o cheiro da bergamota se desprendia, dispersando o do cauim. Dirigia-se à capitã, com certo constrangimento:

— Bem, as coisas que eu ouvi... Foi meu aprendiz.

A capitã derrubou o lábio com certo desprezo:

— Cuida bem da tua língua encharcada, homem.

— Pois meu aprendiz disse que até frei Francisco, de batina arregaçada, estava de espada em punho, matando franceses. Mas ouvi dizer também que de nossa parte só havia alguns estudantes comandados pelo senhor Bento do Amaral.

Uma opulenta matrona foi descolorindo. Seu xale desceu primeiro, e em seguida ela se foi bambeando, mas, antes que viesse de todo ao chão, dona Inês a amparou com firmeza. E a capitã lhe dizia, como dela cobrando também guerra contra Januário:

— Este homem não viu coisa alguma nem sabe de nada... E que homem é este? Que lida com agulhas e faz versos?

Instigadas pela senhora capitã, outras mulheres iam brigar com Januário, mas o estudante interveio, lépido:

— Subi, minhas senhoras... E bastante força nas ave-marias e nos padres-nossos. Sede, em vossas orações, bons soldados de Santo Antônio e de São Sebastião. — Como a capitã teimasse ainda, ele prosseguiu, dessa vez alarmando definitivamente o mulherio: — Quanto a nós, vamos reforçar aqui a defesa...

As senhoras subiram a escada. Algumas iam mais animadas, outras descoroçoadas e lamuriosas. Daniela, humildemente, deixou que as damas passassem todas. O estudante então a viu, como que iluminando com sua tez jovem, o viço de coisa nova de seus braços roliços, a barra escura da escadaria e lhe foi dizendo risonho, fechando os olhos, vez por outra, para aquela visão de glória em meio às tristes sujeiras:

— E dom Francisco que se esqueceu de nossos lindos anjos da guarda!

Risonho, tomou a mão da pequena, colocou-a, forçando-a um pouco, sobre a própria cabeça:

— Protegei-nos, *anjinha*.

Daniela assustou-se. Retirou a mão daquela mão masculina. Jamais conhecera o que seria o toque de mão de homem ("Livra-nos Deus, Nosso Senhor, amém!").

A *encostada* das Conversas subiu a escada, enquanto o estudante bem se pasmou em olhar os pezinhos nus que partiram em disparada lá para o alto.

*

Eis o andar de cima do trapiche. Aqui não há guerra. Diria que habita, cá no alto, entre as espessas paredes e a nesga de uma janela, onde a rótula está a meio empurrada, um ar de serralho. De fora, a luz alaranjada põe em relevo objetos dourados e alguma riqueza das Minas acumulada nesse aposento especial. São florões de igreja, lanternas; são brocados das Índias; são círios trabalhados com imagens de santos; são varapaus de procissão ostentando figuras em madeira pintada — tudo arrumado de encontro às paredes. Banquetas, arcas, caixas de mercadorias recobertas por panos e, sentadas em moleza e conforto, as damas convidadas da dona do trapiche. Durante três ou quatro dias, a cozinha do rico comerciante Gaspar Soares entupiu-se de gente afanosa que preparava a comida para as senhoras que iriam ter refúgio no armazém. Era uma copiosa ceia, que se renovava de quando em quando. Mucamas — duas delas serviam bebidas, outras duas levavam grandes pratos com pirâmides de broinhas de fubá, sopeiras de canjica, tabuleiros de alfenins. A própria dona do trapiche oferecia sua contribuição particular àquela festa de asilo — uns pãezinhos de coco — às companheiras:

— Vosmecês provem estes pãezinhos ou esta rosca. O Meu, ao decidir que viéssemos para o trapiche, insistiu, com muita sabedoria: "Mulheres e crianças, em tempo de aflição, só devem cuidar de encher o bandulho, pois, quando se come muito e bem, a barriga cheia traz a calma. Comer sempre amansa; a prova é que até dá sono. Pena tenho eu em não ter trazido cá os filhos...".

O conselho, estimulado pela gula natural das senhoras, foi seguido prontamente. Os nervos se distenderam, e ali, naquele canto do trapiche, batiam agradáveis os dentes uns nos outros, enquanto a saliva untava as comezainas sabiamente preparadas.

Dona Inês conservava, entretanto, algum enfado. Recostava-se sobre uma grande caixa recoberta por um tecido dourado. Seus pés aconchegados repousavam em coxins. Apenas provara o arroz-doce que uma das mucamas lhe servira e ficara alheia e quieta em seu canto, enquanto as outras tagarelavam.

A capitã, porém, não deixou que dona Inês se perdesse nesse pensamento tristonho:

— Pensei que vosmecê estivesse longe, com a família de dom Francisco, que, às primeiras notícias, foi embora!

— Fui aos jesuítas ajudar nuns curativos e me atrasei. Era preciso. Não havia ninguém para isso, pois todos lá só estavam pelos cuidados da guerra. Até os índios passaram a noite cavando a trincheira da rua do Fogo.

A dona do trapiche inquietou-se com a secura e o desprendimento da mais senhora entre as senhoras ali reunidas:

— Prove vosmecê, também, deste doce.

Dona Inês agradeceu, e a capitã, com muita energia, engoliu alguns bocados.

Junto das duas senhoras, interveio respeitosamente, até mesmo quase servil, Beleguina, que se lamentou para elas:

— É pena não se poder ter aqui nem água fervente nem pedras...

A capitã reprovou-a, depois de limpar a garganta das securas da farinha:

— Já me vens atravessada! Para que pelouros e água fervente?

A viúva do meirinho explicou-se com timidez:

— Toda a gente sabe que atrás de qualquer janela da rua Direita não há criatura que não tenha em mira seu caldeirão e suas pedras. E isso sem falar na guarda dos estudantes...

A capitã levantou os ombros:

— Aqueles magricelas... Os estudantes dos pátios do Colégio fizeram uma trincheira, também, em torno da casa do governador. E para quê? Parece até brinco de criança! — Sua voz trovejava, varonil. — Tu bem sabes que o que nos garante mesmo é a cavalaria... — Dirigiu-se rubra para a dona do trapiche. — Quero um de vossos pãezinhos, para ver se me amanso.

Suavemente, dona Inês sorriu. Como que acordara de um longo sonho triste.

— Por que não desaperta o vestido? Está tão vermelha! Parece até afrontada! Isto não é nada bom.

A capitã riu, sarcástica. Trepidava toda de vida e de animação:

— É verdade, senhora dona Inês. Com esta espera... não aguento mais estes meus arreios. Estouro. — Desabotoou alguns botões. — O que me está afrontando mais é esta barrigueira... Ufa!

Então, a dona do trapiche considerou aquele caso com especial atenção:

— Daniela, vai buscar o vinho da pipa amarela lá no depósito... pois que o Meu muito o recomenda para afrontamentos.

*

No saguão de entrada, a mudança era grande. O estudante e Januário, comandados por um tenente de infantaria, o mesmo que subira ao teto, para de lá sondar a praça do Carmo e as embocaduras das ruas, e mais o soldado que o acompanhara, carregavam mosquetes para a defesa do trapiche. Mudavam fardos de lugar, fortificando as paredes. Nesse trabalho, Januário interrompeu a mudança de uma grande caixa, depositando-a no chão:

— Se não me engano, quem chegou aqui foi a senhora dona Inês.

— Foi ela mesma, a mais bela dama desta cidade — respondeu o soldado, empurrando o carroção para mais longe e, por isso, dizendo a frase com algum esforço.

O estudante abria um barril de pólvora. Suas faces estavam manchadas, o cabelo emaranhado das teias de aranha do lugar, mas, assim mesmo, se fez galante:

— Às quatro da tarde, muitos companheiros nossos, que estudam nos jesuítas, fingem ter o que fazer só para passar em frente da casa de dona Inês!

Januário, posta em sossego a caixa lá no fim do saguão, respirou fundo e quis animar o tenente, sempre silencioso e aparentemente zangado:

— O tenente sabe: dona Inês mora naquele sobrado pintado de amarelo, com pomar de mangueiras altas e cheias, ali ao lado da Candelária... é quase sua vizinha. Nosso companheiro tem razão. Às quatro da tarde, as mucamas vêm despejar na rua o banho cheiroso de dona Inês. — Emocionava-se com a evocação. — Às vezes, a grande bacia vem perfumada a sândalo; em outras, cheira a jasmim; e é bem possível que se surpreenda também nela uma sábia combinação de ervas agrestes...

Januário estava solto e livre agora. Pulava no meio da sala como um ator num adro de igreja. A evocação de poeta lhe punha ao lábio a palavra mais esperta:

— Corre então pela sarjeta uma pequena enxurrada muito cheirosa que afugenta a habitual pestilência da rua. — Depois do salto fez uma careta.

O estudante, divertido com a evocação, suspendeu por momentos o trabalho:

— Os homens discretamente — disse risonho —, pois de senhora tão alta, a cunhada de dom Francisco!, não se deve dar fé aos restos da água que se lhe passou pelo corpo, miram com olhares turvos, mais contidos, aquele caminho do banho de dona Inês seguindo pela sarjeta...

Os homens estavam excitados com aquela cena, tão sugestiva para a cidade. Januário riu, francamente:

— As mulheres se sentem um pouco insultadas e dizem baixo umas às outras: "Que mau exemplo! Dama tão nobre banhar-se com cheiros, banhar-se tanto! E todos os dias, como se fosse uma índia ou uma perdida! Por isso mesmo" — dizem elas — "é que aparecem os já famosos rabiscos do muro de dona Inês!".

A essa altura, o tenente sentiu em si doer o prestígio da governança. Viu malferido o próprio brio de El-Rei nessa terra de línguas desatadas. A voz veio grave quando chamou à ordem os circunstantes:

— Não é próprio o que vosmecês estão dizendo. Se dona Inês tanto se banha, é porque sempre está às voltas com os humores dos doentes e com os cheiros das tisanas, de caridosa que é. Deixa-la em paz. Ainda neste tempo de guerra, só cuidam dos banhos de dona Inês! Famosa cidade esta, de tantos falatórios!

Como bom militar, tinha a sua quizília com os civis desembestados pela cidade e participava de uma ácida antipatia pelos estudantes. Por isso, resolveu retribuir as críticas do banho de dona Inês com um comentário irritante para o jovem:

— Teu chefe, Bento do Amaral, cavou funda trincheira em volta da casa do governador. O senhor Bento do Amaral só pode prejudicar com isso o passeio da rua Direita...

O estudante voltou a ter aquele jeito de pássaro gingante no desafio que lançou:

— O senhor tenente acredita que o cabo maior dos franceses venha ao encontro das nossas forças à hora marcada, no lugar aprazado, exatamente como esperamos, e faça então a *guerra que nós queremos*, a guerra da bela trincheira de dom Francisco?

As palavras do estudante atingiram o alvo. O tenente ficou mais nervoso ainda:

— Não há outros caminhos, e o cabo maior dos franceses terá que marchar contra nossos soldados se quiser situação.

O estudante abriu os braços, quase num desafio.

— Mas se tudo está tão bem ensaiado, ó Senhor, para que a batalha se passe bem longe da cidade e depois apareça em pinturas com estardalhaços de canhões e de cavalgadas que ninguém viu, dizei-me, senhor tenente, o que estamos fazendo nós aqui?

O tenente, discutindo com o estudante, teimava consigo mesmo para convencer-se, antes de convencer àquele jovem meio insubordinado:

— Nós estamos guarnecendo, como já foi dito pelo senhor governador e por nosso mestre de campo, as casas à beira-mar. Sabemos que o inimigo vem por terra, mas seus navios talvez aguardem apenas a ordem de desembarque.

Januário, quando ouviu falar nos invasores, perdeu seu tom jocoso, comoveu-se:

— Dizem que era de fazer chorar o que fizeram os franceses no Engenho Velho. As mulheres, com os filhos nos braços, fugindo, e os homens tomados de susto, sem dispor de armas para defender os seus... — Seu olhar se toldou, encolheu-se: — Todos se lembram de Santo Antônio e de São Sebastião, mas se esquecem de meu padroeiro: São Januário. Hoje é seu dia, quero dizer, *meu dia*. Estamos no dezenove de setembro, minha gente.

Quando se falava dos santos, a brava gente de São Sebastião do Rio de Janeiro bem se perturbava com a presença do mistério, na pesada atmosfera carregada de apelos contra doenças, pestes e invasões. Por isso, os homens ficaram calados um tempo; depois, o estudante rememorou:

— Desde que os franceses tentaram entrar em nossa cidade com enganos de paz e a bandeira inglesa ao vento, fingindo-se de nossos aliados, desde que se conheceu a ousadia dos invasores, venho pensando nisso tudo...

Januário caçoou, para afastar os maus presságios:

— ... pensando nisso tudo... como um general!

Mas o estudante estava inspirado:

— Todo este espaço entre o mar e os morros do Castelo e do São Bento coberto por nossas casas, guardando nossa vida. Esta malcheirosa vala, que vai da Lagoa de Santo Antônio na direção da Prainha. A nossa rua Direita, que de direita nada tem. As igrejas do Carmo e do Bom Parto. Os caminhos do Desterro. A azinhaga de Mata-Cavalos. O caminho de Mata-Porcos... São apenas nomes que nada dizem aos invasores. *Mas tudo isso somos nós: doze mil almas*. Os que chegam do Reino suspiram por voltar, mas os franceses, estes, sim, bem sabem o que tudo isso vale!

Januário não conseguiu dominar aquela onda de maus pressentimentos:

— E se a trincheira não for tão poderosa quanto pensamos?

O estudante pegou no tom e tornou a fazer fosquinhas ao senhor tenente:

— ... Ou se o invasor não for tão prestativo e tão pontual ao encontro e preferir o centro da cidade?

O tenente deixava rolar as últimas defesas:

— Se os franceses vierem pelo mar, teremos resposta assegurada em todas as fortalezas; desde a de Santa Cruz, vosmecês sabem disso muito bem, que logo disparou contra a nau que vinha na dianteira e fez com que os franceses fugissem para a Ilha Grande. Isso logo no primeiro dia...

Mas o estudante voltava à carga. E, enquanto lidava com a pólvora e os mosquetes, mandava o mais provocador dos sorrisos ao tenente:

— Se dom Francisco tem sua trincheira, a mais bela trincheira, como ele insiste em proclamar, entre quantas foram feitas no Reino... Se as nossas fortalezas têm valorosos defensores, tudo está certo... Tudo está certo, senhor tenente, até mesmo o *abandono da Casa do Governo pelo próprio senhor dom Francisco... A Casa do Governo que nós tivemos de ocupar...*

O tenente, inquieto, foi dar uma olhadela à ogiva. Que destino, o seu! Em lugar de uma fortaleza, bem lhe haviam reservado um velho trapiche e a companhia de demônios civis. Demônios civis, capazes de perturbar o juízo de qualquer bom cristão que levasse a farda das milícias de El-Rei.

O tenente olhou o mar lampejando de sol. O mar que falava por ele mesmo, vazio de embarcações. Januário chamou o soldado para uma confissão:

— Quando fazia uma farda para dom Gregório, vieram-me uns versos à cabeça. Com meus aprendizes, havia pouco já cantávamos "Cidade inocente".

Mas nem o estudante nem o tenente estavam dispostos a ouvi-lo; só o soldado. Este se abismou em admiração, com aquele canto malemolente, derreado, meio feito lundu, de Januário, batendo com a mão compassada na grande caixa:

Cidade inocente e forte
Não conheces teu poder.

Capítulo 4

Vermelho e azul

Seguiam as mulheres mastigando o farto banquete, mas a maior parte já estava saciada; algumas já pensavam em rezar, seguindo o conselho do estudante. Delegaram, então, poderes a uma jovem de nome Luisita para que ficasse de gajeira, como se o trapiche fosse uma nau sedenta de novas. Não seria, é verdade, para que Luisita pusesse o corpo fora da janela e espiasse. As damas eram todas de bom proceder, e bem se sabia que, inda mesmo em tempo de guerra, mulher à janela seria coisa inconveniente. Estava na memória de todas o caso muito triste, mas compreensível, do pai que matou a filha por tão janeleira e atrevida que se tornara.

Empurrava Luisita a rótula, subida numa banqueta, para alcançar melhor o Largo do Carmo, observar o palácio com seu fervilhar de estudantes e depois, voltada para o outro lado, sempre protegida pela aba da rótula, mirar a Igreja da Cruz, esta, sim, com defesa militar, pois que aos militares pertencia.

Postada na parte extrema do salão, bem distante do mulherio, recebia Luisita, vez que outra, a visita de Daniela mandada de recados. E, quando se juntavam as duas, sob a luz dourada do dia, eram figuras de impressionar pela beleza. Em Daniela, havia um pouco mais de rechoncho. Em Luisita, mais esbeltez. Diferentes que fossem, eram, porém, lindas moças. Chamava a atenção em Luisita o porte elegante, a cabeça plantada em firmeza, os olhos mais claros que o rosto e, vindo de dentro de roupas emprestadas pela dona do trapiche, o donaire marcando a nobre postura. Não se diria fosse ela a filha de simples calafate de navio, criada e educada em meio à rude gente do mar.

Tocou-lhe o ombro Daniela, dessa vez com mais familiaridade:

— Há novidade, Luisita?

— Pois não há nada. Talvez tudo se decida sem que se veja coisa alguma. — Deu uma risada meio cúmplice para Daniela: — Será uma pena para todas estas donas que aqui estão que nada aconteça. Ficarão logradas de teatro. — Luisita fixava Daniela com seus olhos vivazes e claros. — Conheço-te das Senhoras Conversas. Acho que sim. Fui buscar umas mudas de malva e de rosa... Gostas de lá? Vais ser freira?

Daniela encolheu-se, tristonha:

— Minha cabeça é fraca, não dá para tanto. — O chamado da doçura chegou até ela. Sentiu saudade. Uma saudade funda daquele pequenino céu que era a cela da freira. — ... Se bem que irmã Maria Teresa ache que sim, que eu possa vestir um dia o santo hábito.

Luisita voltava a vigiar. Não havia nova alguma. Não comentou com Daniela o que sua visão abarcava: dois negros seminus em luta, aos saltos, à beira da defesa da casa do governador. Era tão comum a briga entre as nações africanas! Esqueceu a pequenina cena.

— Disseram-me que a irmã Maria Teresa tem a cela mais provida que o quarto de uma dona do palácio e que o senhor bispo consente... É verdade?

Daniela transfigurou-se. Podia falar no que mais amava no mundo e queria falar. Acalmava, assim, aquela falta que doía.

— A cela da irmã é uma riqueza. Às vezes, ela me deixa lá entrar e me mostra lindas coisas. Tem um Menino Jesus que parece uma criança e em quem muda uma camisolinha de seda, de cor diferente, em cada dia da semana. — A testa vincou-se, em preocupação infantil. — Sua cama não tem coberta — continuou Daniela — nem forro de espécie alguma, mas em sua mesa ela guarda, numa caixa mourisca, uma rosa de ouro vinda das Minas Gerais. *Uma rosa toda de ouro!*

Luisita balançou a cabeça, meio divertida:

— Então é verdade... é verdade...

— O quê?

Luisita relutou; depois, cheia de malícia, observou a pequena.

— Contam também que ela faz versos e canta modinhas de viola. E que até lhe fazem serenata do lado de fora do muro do convento!

Daniela sentia-se perplexa. Queria explicar-se e não podia.

— Irmã Maria Teresa não faz mistério, pois ela mesma abre sua arca, mostra seus vestidos antigos e me diz: "Guardo aqui minha aflição! Agora esfriei de todo".

Luisita ria francamente, e Daniela ficava muito corada.

— Não sei se é bem assim que ela costuma dizer. Às vezes, quando vou falar, tudo sai diferente. Vou pedir à irmã Maria Teresa para mostrar seus guardados.

Luisita prosseguia, sempre abanando a cabeça:

— Por isso tanto falam dos luxos da irmã Maria Teresa! — Mas mudou de tom. Punha atenção concentrada agora na casa do governador. Puxou Daniela para junto. — Aquele homem à frente da casa de dom Francisco, aquele todo rasgado, falando com o que deve ser o primeiro oficial dos estudantes!

Daniela aproximou-se temerosa e viu: não deixavam que o homem dissesse nada. Todos se amontoavam em torno, como que querendo sacudi-lo. Por que seria?

Luisita acompanhava a cena com profundo interesse.

— Ele está chorando e o empurram. Que terá feito? — O homem era levado para dentro da casa. Luisita continuou: — Então o que ele disse foi *importante*! Daniela, as senhoras devem saber que vamos ter novidades... Ele é um *emissário* para a casa do governador!

Daniela afastou-se em direção ao grupo das mulheres, enquanto Luisita permaneceu vigilante. Nesse mesmo momento, mal Daniela dera as novas, e já o estudante aparecia:

— Antes de tudo é preciso calma. Apenas uma... uma só, como já disse, deve ficar à janela, e assim mesmo de banda, presa à parede, entendido?

A capitã vinha a ele, estimulada:

— As notícias, de que a menina Daniela tratou agora mesmo, foram bem recebidas, com entusiasmo?

Mas a dona do trapiche oferecia bolinhos ao estudante, usando o tom de grave responsabilidade:

— Se este é o lugar mais seguro da cidade! Jovem, não entendo teus cuidados. O Meu não gostaria deles. Se todas as sessenta senhoras se assustarem! — Forçava-se a mastigar alguma coisa, muito nervosa e agitada.

O estudante estava impaciente, pois queria voltar e não podia perder tempo:

— Disse e repito: deveis continuar rezando aos nossos Santos Generais ou, então, comer calmamente... A menina Luisita deve ter visto e decerto contou... Parece que houve uma surpresa: o inimigo está mais perto do que se pensava há pouco. Portanto, é preciso bastante calma... Já volto a meu posto.

— Meu São Sebastiãozinho, meu Santo Antoninho, Santa Mãe de Deus, meu São Januário!

Houve uma série de invocações e dois ou três desmaios. Dona Inês abriu a sacola, tirou um pequeno frasco de sal contra os vapores das damas e principiou a usá-lo em meio ao mulherio.

*

O estudante dirigiu-se ao tenente em tom desafiador, nos baixos do trapiche:

— Vosmecê também sabia! Eu percebi logo. Sabia que os franceses estavam mais perto...

Januário não encontrava explicação — ele que informara sobre o combate no Desterro. O inimigo não poderia ter caminhado tão depressa!

— Mas a Igreja do Bom Parto fica a dois passos! *Eles estão aí, eles estão chegando!*

O tenente procurava motivo para um esclarecimento interior: por que não teriam os franceses ido combater no Campo do Rosário? Respondeu, altivo:

— Aqui não há nenhum objetivo militar!

O estudante o tentava sempre:

— Há quem não goste das estradas reais! — Examinava os mosquetes. — Dom Francisco se esqueceu de que *nem todos os caminhos levam ao Campo do Rosário.* É pena que tão bela trincheira nem tenha sido posta à prova, pois pelo imprevisto da chegada...

Apesar das divergências, todos — o tenente, o soldado, Januário e o próprio estudante — continuavam a arrastar sacos, lidando com a pólvora para encher mosquetes de maneira a firmar a defesa do trapiche.

Estavam os homens nessa atividade aflita e enervante quando a figurinha leve e clara de Daniela assomou à barra da escada.

— Mandaram-me aqui buscar o vinho da pipa amarela mais esta vez... Uma senhora desmaiou.

E foi atravessando aquele canto desordenado de fardos, barris, caixotes e arcas para chegar até onde, enorme e senhorial, lustrosa, envernizada e cuidada, estava posta a pipa amarela, guardando o melhor vinho de São Sebastião do Rio de Janeiro, aquele do qual se afirmava ser o grande remédio para vapores, desmaios, passamentos.

Januário revoltou-se com aquela intromissão:

— E quem teve, em tempo de guerra, a bela ideia de fazer deste trapiche o abrigo das mulheres?

O estudante observava agora Daniela intimidada, um pé levantado acima do rolo de cordas que a separava da famosa pipa, sem ter ânimo para dela tirar a preciosa e requerida dose.

— Pois deve ter sido seu próprio dono... — esclareceu o estudante. — E isso por se ter fiado em dom Francisco de Castro Morais, que vem garantindo sempre a excelência de sua trincheira...

O tenente despachou Daniela.

— É bom que fiques lá por cima!

Mas o estudante socorreu a menina.

— Só por esta vez, senhor tenente.

Largou sua tarefa e foi, pisa-mansinho, balançando um pouco o corpo, como era de seu costume, até junto da pequena. Tomou-lhe o vaso, encheu-o de vinho e o devolveu à jovem:

— Não te aproximes da janela... — Baixou a fala. — É bem preciso que te guardes.

Mirou-a de volta, caminhando através dos empecilhos dos materiais de guerra e de mercadorias que agora iriam servir à fortificação da casa, conduzindo-a à escada. Um pouco distante dos outros, ele concluiu:

— "Anjinha" de todos nós! Nada de janelas, como já disse.

E Daniela, sempre constrangida:

— Quem vigia é Luisita. Em mim ninguém se fia para trabalho assim importante...

Ela já estava no segundo degrau, e a tocha acesa, à subida, iluminou o rosto ardente do rapaz.

— Só por vosmecê não deveria haver guerra por perto.

— E eles, onde estão os franceses?

O moço coçou a cabeça, mas continuou admirativo:

— Mais perto do que se pensava. A verdade é que já foram batidos na igreja do Bom Parto. Vêm por aí, mas muito atordoados...

Daniela começou a tremer tanto que usou ambas as mãos para segurar a bilha.

— Se eu estivesse no Recolhimento do Desterro, teria mais confiança. — Fez uma careta de choro. — Minha mãe me tirou de lá, mas eu não queria, não queria.

O estudante, de súbito, mudado de figura, descomposto de pena, ia dizendo:

— Mas o convento... — Conteve-se, quase zangado consigo mesmo: — Avia-te, menina. Não podes mais ficar aqui.

*

Dessa vez, quem desmaiara fora a própria dona do trapiche. Haviam-na deitado sobre um fofo saco de paina. Sacudida por tremores, tinha os olhos fechados. Dona Inês tomou a bilha da mão de Daniela, encheu um copo com o tão famoso vinho cor de ouro, capaz de esquentar corações e ânimos. À volta da cena, desabrochavam em grandeza os pares de olhos das damas assustadas com o fraquejar da própria hospedeira. A senhora se foi reanimando e sorria fracamente. Deu com aquela iluminação de olhares, sentou-se, gemente:

— Por que me olham todas vosmecês?

A capitã, brandindo um lenço, abanava a dona da casa ao mesmo tempo que enxotava as companheiras. Ia ralhando com todas aquelas mulheres curiosas:

— Ela teve um passamento, só. E saibam que não é mulher de desmaios, e sim de passamentos... o que é bem diferente e nada tem a ver com a coragem de cada uma.

A dona do trapiche, desanimada e suarenta, movia a cabeça ruiva, tomava o vinho oferecido por dona Inês:

— Ela tem razão.

A senhora sorvia a bebida, e, afastadas as outras damas para seus lugares, a capitã comentou com dona Inês:

— Já disse, mas ninguém me quer crer: as mulheres são sempre muito mofinas em assuntos de guerra. Já expliquei. Com uma cavalaria de cinquenta homens... cinquenta!... bem se vê que não há francês a pé, vindo por esses matos, que resista. E aqui há gente querendo convencer-me de que os piratas estão por perto.

Dona Inês, com uma ventarola de palha, ia abanando a dona do trapiche, agora escaldante de vinho e emoção.

De súbito, surgiram o tenente e o estudante. Mulheres foram aos sustos, pois algumas estavam descompostas e haviam aberto tanto a roupa, em calor e aflição, que soltaram gritinhos.

O tenente e o estudante removeram alguns fardos para reforçar também a parede de cima e proteger as damas. O moço, em seus afazeres, chamou Daniela, que estava ao fim do salão, muito pensativa, acocorada junto a Luisita, esta sempre vigilante, à janela:

— Vem para o meio da casa, menina. Mas que teimosa és!

E o tenente concordou, alto:

— Ele tem razão. Vosmecê não deve ficar muito perto da janela.

Correu um marulho de gemidos e de contraditórios muxoxos no meio delas todas, mas, lá no canto do salão, Luisita mostrou o porte esguio, elevando a face petulante para os dois homens. Com muita altivez, foi dizendo:

— Pois que vosmecês saiam daqui e cuidem de seus postos! *Eles já chegaram! Eles já chegaram!*

Precipitadamente, os dois homens abalaram pela escada abaixo. Luisita assumiu ares de comando.

— Beleguina, ajuda-me a arrastar aquela arca; devo ver melhor.

Daniela, o coração aos pulos, mas sem se importar muito com o que lhe havia sido recomendado, ajudou a mãe a empurrar a arca. Enquanto isso, a dona do trapiche se lamuriava para dona Inês, abanando-a ainda com a ventarola:

— Pois, senhora dona Inês, rezemos nós duas o terço... Ave Maria, cheia de graça...

A capitã, também desrespeitosa, aproximou-se da janela. Luisita, muito calma e senhoril, dizia a Beleguina:

— Ajuda-me a subir. Assim... Agora, bem... Agora, daqui do alto posso ver melhor a praça e a embocadura das ruas.

De súbito, a ave-maria se interrompeu. Sempre serena, o rosto muito parado à janela, Luisita dizia alto:

— Já vejo a farda vermelha e azul dos soldados franceses! Estão vindo num aperto de gente que com eles combate. Todas as janelas se abrem. — E até ao trapiche vinha, em clamor surdo, o vozerio da cidade. — Luisita continuava: — As janelas se vão escancarando uma por uma. — As mulheres, quase todas, caíram de joelhos, rezando aflitas, enquanto a moça prosseguia: — Cai uma chuva de pedras; despejam até água fervente; disparam mosquetes e armas de todas as espécies...

Poderosamente, rugiu lá fora o mar humano de imprecações, de gritos, de desafios, intercalados a gemidos. Luisita continuava:

— Vejam só: acho que aquele lhes deitou até óleo fervendo lá de cima de um telhado! E outro um saco inteiro de pedras! — Voltava-se para as damas, toda inundada de sol: — Não estão ouvindo os gritos?

A gritaria aumentava delirantemente, depois amainava. E a filha do calafate, enquanto as mulheres se persignavam e rezavam, ela só, dominava o conjunto em seu pedestal.

— Os franceses estão avançando sempre... Estão vencendo tudo e são centenas e centenas! Querem saber mais? Já estão tomando o rumo da Igreja do Carmo.

Capítulo 5

Monsieur Duclerc

Beleguina puxou a filha, interpôs-se à capitã, que insistia sempre em tomar o lugar de Luisita:

— Não devemos ficar perto da janela — dizia a viúva, já agora precavida. — Corremos todas perigo.

Mas até mesmo dona Inês não conseguia demover a capitã, que, de fogo nas faces, instava para Luisita:

— Não vês a cavalaria?

De seu observatório, a moça Luisita reinava senhora no alto daquele mundo de aflições desencontradas. Continuava serena e imóvel como se estivesse no teatro, e não à janela, aberta para aquele cenário de luta rústica. Por mais que a puxasse dona Inês, a capitã, levantando os olhos para Luisita, repetia, agora pela décima vez:

— Não vês a cavalaria? Isto será possível?

Lá de cima, a voz veio mais forte, pois atroavam os tiros, e a gritaria aumentava no Largo do Carmo:

— Pois não há nenhuma cavalaria.

A capitã sacudia sua crina raivosa. Luisita continuava numa grande indiferença pelas emoções desencontradas:

— O que vejo é uma bandeira dos franceses! São muitos e muitos e não param.

Gritavam-se altos xingamentos e desafios. Em africano, explodiam frases entre o espocar dos tiros.

A gajeira Luisita — e mais do que nunca ela se parecia por sua intrepidez ao gajeiro de uma nau perdida entre as aflições de dentro e os perigos de fora, mas conservando todo o sangue-frio — fazia de boca a cena:

— Esta grita que estão ouvindo agora vem das janelas da casa do governador e de todas as outras da rua Direita!

De respiração suspensa, as mulheres esperavam pela palavra de Luisita. Houve uma interrupção; a moça não conseguia deslindar a si mesma a confusão que reinava lá fora.

— Já não sabem os estudantes em quem atirar... Porque, se uns franceses vão disparando seus mosquetes, outros, pelos lados, vão combatendo de espada e adaga no meio da multidão. — Mais uma pausa. Luisita observa muito atentamente: — Saibam vosmecês, os franceses já fizeram prisioneiros!

Então, a senhora dona do trapiche, que protegia Luisita, dando-lhe um pouco de comer e um tanto de vestir, pôs-se de pé, trêmula, a mão no peito.

— Estás louca! Prisioneiros? Mas como podem guardá-los, os franceses?

Luisita recolheu-se à sombra, por segundos. Parecia sorrir, mas ninguém podia saber, porque só sua fala se desanuviava. O rosto era quase invisível.

— Saibam as senhoras que avistei, ainda agora, uns homenzinhos tão brancos...

A dona da casa perguntou, com alguma gravidade:

— Devem ser de alguma irmandade, pois não? Ou então penitentes que se flagelam... Carecemos disso. Estão nus, ou quase, porque se açoitam...

Da face recuada de Luisita, na sombra, brotavam as palavras espaçadas e firmes:

— Pois os franceses puseram à frente seus prisioneiros e se defendem com eles. — Voltou à observação: — Acho que aquele de rodela embraçada deve ser o general. Acaba de escapar de umas pedradas que tombaram justo agora. Os franceses ajudam a levantar um companheiro. — Nesse instante, Luisita saía da sombra e oferecia o rosto modesto às companheiras. — Não sei se posso dizer mais sem ofender a vosmecês... Pois o que vou dizer é de força.

A capitã — não fora dona Inês — teria puxado Luisita de seu observatório.

— Salta daí. Eu saberei ver muito melhor! Que de mistérios e enfados já estamos por demais!

Tiros rasparam quase rente à janela. Todas se perturbaram, e houve mais um desmaio no meio do mulherio.

Quando o susto foi dominado, Luisita, que se havia escondido a um canto, voltou cuidadosamente a seu posto.

— Estes fogos devem ter sido do São Bento...

Com isso, a dona do Trapiche interveio para pacificar, também, a capitã:

— Escusai, senhora, não insisti. Já que cá em cima podem raspar os fogos perdidos.

Suspensas à voz de Luisita esperaram as donas, até que ela prosseguiu, com firmeza:

— Os franceses caminham para a Igreja do Carmo e estão garantidos por seus prisioneiros, como já contei... — Levou a mão à boca. — Já disse a vosmecês, mas, paciência, não querem acreditar. Verdade pela verdade, é que os presos *estão nus*. Não são penitentes, são aprisionados de mosquetes às costas...

A onda de pudores estalou pelo salão. Algumas fizeram o sinal da cruz. Luisita continuava, por vezes recuando para a sombra, como que se vestindo dela, de envergonhada também.

— Os prisioneiros estão completamente nus... A um só deixaram o chapéu na cabeça...

Mas, enquanto se pejavam as senhoras e Luisita disfarçava o rubor, o tenente surgiu, acompanhado pelo soldado.

— Senhoras, vamos guarnecer também esta janela.

Fizeram Luisita baixar de seu pedestal e principiaram a vedar a janela, com muitos fardos, caixotes, objetos pesados, com rapidez e energia. O estudante trouxe um candeeiro. Desceram depois os homens. Principiava a cheirar úmido, a medo. Daniela recordou o regaço de irmã Maria Teresa. As mucamas murmuravam pedaços de frase em suas línguas nativas.

Agora, abafadas, as aflições cresciam no isolamento:

— *Ave Maria... AVE Maria... ave maria... AVE maria... AVE...*

Rezaram algumas, mas outras nem tinham sopro para tanto. Lá fora crescia em poder a batalha.

À entrada do grande armazém cintilava apenas a tocha que iluminava a escada, a sala mergulhada em névoa espessa; respirava-se a pólvora. Pela embocadura da escada apareceu o tenente. Estivera no alto do edifício, com os poucos homens que, resguardados no muro, sob o telhado, vigiavam. Observou o cenário da luta. Disse então aos companheiros, com voz fingidamente otimista:

— Pois saibam vosmecês, os franceses estão sendo rechaçados da Igreja do Carmo! Que frouxidão! Atiram-lhes mares de pedras que, de perto, fazem alvo melhor que as nossas fortalezas.

Januário e o estudante se entreolharam. O tenente estava humilhado em seu fervor militar e, incoerente, bazofiava. O estudante alvitrou:

— Vão procurar entrar na casa do governador... — Um vento meio doido o inflamou: — Para eles, dom Francisco seria a melhor presa. É possível que já estejam até forçando a entrada!

No fundo de sua humilhação, o tenente conseguia ainda tirar de si forças para dizer:

— E, para nossa infelicidade, lá a defesa conta apenas com os estudantes em trincheira rasa!

O estudante chegou-lhe face contra face, espevitado e nervoso, porém falando baixo:

— Por que devem os franceses saber que o governador não está lá? Se eles continuarem iludidos, ganharemos tempo... até que dom Francisco...

Januário, também excitado, concluiu:

— Até que nosso governador desista de sua trincheira intrépida e venha fazer a guerra por onde a guerra apareça. É verdade. O invasor não deve saber que no palácio não há governo.

Houve um tempo. No escuro, os quatro homens, pelo alarido, procuravam imaginar o ponto em que se desenrolava o combate. Não havia dúvida: o clamor amainava e recrudescia, mas estava cada vez mais próximo. Até mesmo através das paredes fortemente guarnecidas chegavam bem claros os ecos dos palavrões e incitamentos. Dentro, os corações batiam prestos, as mãos ardiam na faina, e o ar era falto e opressor.

Quando estavam todos assombrados com essa face da guerra em que o invasor talvez buscasse um governante que não se dava ao desafio de um combate e ficava bem postado à margem de sua memorável trincheira, pela abertura da escada apareceu o soldado, também vindo lá do alto, depois de avistar toda a cena.

Desceu quase trôpego, escorregando aos trambolhões:

— Senhor tenente, os franceses já estão forçando a casa de dom Francisco. Alguns caíram à trincheira, mas muitos estão passando.

Os olhos acesos, de um para outro, Januário e o estudante confabulavam, enquanto o tenente era abalado por mais essa nova contrária às suas convicções militares. À perturbação do tenente sucedeu a decisão do estudante:

— Senhor tenente, com a permissão de vosmecê. Mas é preciso que vá juntar-me, imediatamente, a meus companheiros. É preciso que os franceses continuem a acreditar que dom Francisco está onde deveria estar. Deixe-me vosmecê proclamar a presença do governador...

Houve uma espera. Talvez o senhor tenente se desesperasse, furiosamente, por ter sido figura de uma tática infeliz. Talvez dissesse: “Pois que se danem todos. Vamos abrir o fogo. Ninguém mais espera essa frota fantasma, e o inimigo, bem vivo, está à frente! Nada de ardis tolos de estudantes. Vamos já à luta!”.

Mas o tenente não concedeu tudo a um mero civil. Engrossou a fala para dizer, com derradeira autoridade:

— Permissão dada. Nossas guerras são diferentes, mas temos o mesmo objetivo: o invasor.

Seria preciso que o estudante saísse às escondidas, pelo desvão do embarcadouro, e assim se fez, enquanto as explosões se abriam mais próximas e, no andar de cima, as mulheres se perdiam em gritos lamentosos. Talvez alguma estivesse mal. O tenente estava abismado em conjecturas e demorou para ir ver.

*

No escuro, a voz da capitã frechou:

— Quem apagou a luz?

Enquanto outra voz, esta, a da dona do trapiche, lamuriava:

— Santos Generais de nosso Exército, valei-nos!

— Amém! AMÉM!

Uma luz veio caminhando para elas. Era o tenente que vinha disciplinar, um pouco, o mulherio, de candeeiro na mão, pálido e escorrido de cara.

— Senhoras, calma, senhoras!

E a capitã ralhava também para ele:

— É preciso abrir a janela. De vosso cuidado morreremos sem ar.

Ao que o tenente, em funda exasperação, retrucou, depositando o candeeiro numa caixa:

— Para mulher, a morte morrida é a que convém. — E desceu a seu posto.

A capitã, nervosamente, comentou:

— Não posso compreender o que esse tal de *Mociu* Ducré, esse general francês, veio fazer na casa de dom Francisco.

Para assombro das asiladas, Luisita corrigiu:

— O nome é monsieur Duclerc; é assim que se diz.

Dona Inês irradiava beleza à meia-luz. A pele resplandecia. O cheiro das outras mulheres, todas suarentas, falou por suas angústias. Uma ácida combinação de medo, abafamento, roupas coladas.

— Teu pai é francês? — perguntou a dama.

A moça trancou o lábio, respondendo de maus modos:

— Vosmecê bem sabe que meu pai não é francês.

Beleguina cortejou a cunhada do governador:

— Como te atreves a corrigir a nobre senhora dona Inês?

Ninguém ouviu o muxoxo, dentro daquela caixa onde as explosões percutiam sempre, assim como estrépitos e gritaria, e Luisita respondeu bem alto:

— Perdão pela ofensa, mas o nome é Duclerc, isto é, monsieur Duclerc, ou senhor Duclerc, como quiserem vosmecês.

A menina Daniela punha a mão no lábio, no seu gesto costumeiro:

— Não tens medo de chamar o Demo?

Beleguina agora receava ter ido longe demais:

— Por favor, menina Luisita, não queremos magoá-la. Minha filha, como sabem todas, tem o juízo tão fraco quanto esta luz.

A capitã, de olhar aceso, riu, quase histérica:

— Eles vêm vindo. Eu sabia. Chegaram. Tudo será decidido agora.

Pendentes ficaram as mulheres àqueles sons dos cascos pisoteando decerto o Largo do Carmo. Caíra uma pausa no fragor. Agora, só eles se faziam ouvir.

Mas o tropel perdia a escala, descia de tom, desaparecia, aos poucos findava totalmente. Daniela quase chorou.

— Agora é que estou com medo... Muito mais medo quando não ouço nada.

A capitã, iluminada, balançava a crina, que fazia longa sombra na parede. Convicta, queria transmitir segurança:

— O capitão Da Silva virá libertar-nos. Daqui a pouco sairemos todas. Não vai demorar nada!

— Que Deus te ouça! — disse a dona do trapiche. — Mas continuou teimando alto para si mesma: — O caso é que estamos recolhidas no melhor sítio da cidade, de acordo com o que o Meu garantiu. E até dona Inês, a própria dona Inês, mulher do nosso mestre de campo, veio refugiar-se aqui.

Luisita, entretanto, parecia não ouvir a fala de sua protetora e, misteriosa, considerou:

— Na casa de dom Francisco os franceses poderão resistir por algum tempo e reunir forças até que venham seus navios...

As senhoras, então, ouviram de dona Inês esta sentença:

— Se eles tomarem a Casa do Governo, tudo vai pelos ares. Estamos perto.

De assombro em assombro, as mulheres chegavam àquele ponto. A própria dona Inês, sempre a ajudar todas as outras, a flor das damas do Paço, dizendo coisa tão má! A capitã não deixou passar a frase sem uma reprimenda severa:

— Os tiros do São Bento não darão para chegar até nós. Farão estragos pelo alto do trapiche, como aconteceu, há pouco, decerto. É o maior perigo que podemos correr, esses abalos vindos lá de cima.

A luz do candeeiro iluminou o perfil de dona Inês, que se esquivava a um firme caminho de olhares.

— A Fortaleza da Pólvora está junto. — Só agora ela se fazia mais senhora do que companheira. Voltava-lhe certa frieza habitual, que desconcertava a dona da casa: — Saibam vosmecês desde já... meu marido não terá misericórdia para com os invasores.

A dona do trapiche sorria gentilmente para ela, incentivando-a, numa atitude quase súplice; ia a dona Inês, se voltava para as outras senhoras, algumas, vultos esfacelados à meia-luz:

— Mas a vida de dona Inês é a garantia da nossa vida! Estamos aqui todas fiadas na proteção de seu esposo, o nosso mestre de campo. — Sorrindo sempre, buscava o apoio, que veio unânime. Dona Inês era o grande refúgio. — Sempre haverá coração para poupar a quem se ama — concluiu a dona do trapiche.

O perfil fugidio, o olhar escapando à aguda observação das companheiras, naquele bruxuleio, dona Inês ecoou:

— *Sempre haverá coração para poupar a quem se ama...* A propósito dessas palavras, o capitão Da Silva, decerto, nos pouparia a todas na figura da sua esposa bem-amada...

Seguravam-se às mãos as mulheres. Dona Inês estaria de sarcasmos? Ai, tão estranho era aquele momento!

A cabeleira da capitã pendia dos dois lados de sua face como tristes bandeiras funéreas.

— Não somos nós o campo de batalha.

Dona Inês voltou à mansidão:

— Como a mim disse a menina Luisita, perdão pela ofensa.

Mal acabava de pedir perdão, Januário aparecia:

— Trago ordens do senhor tenente: que ninguém desça. — E passou um recado especial a Daniela, acocorada junto da mãe: — Que ninguém desça, nem mesmo para buscar a bebida dos desmaios.

Já mais composta, a capitã alisava os cabelos duros e louros.

— Se eles tomarem a casa de dom Francisco, de que lhes servirá ela? Nem armas suficientes... Mas por que não deixaram lá soldados de verdade?

Januário ia voltando as costas às mulheres. Sentia-se, porém, que ele também estava submerso numa emoção de logro que o enraivecia:

— E quem é *soldado de verdade*? — perguntou ele, volvendo pronto. — Os que morreram? Ou os que fazem a guerra como nas imagens, os belos cavalarianos? Pois, senhoras, estão proibidos os desmaios! Há luta em frente à casa do governador.

Nem gritos, nem palavras, nem mesmo o abandono de um suspiro. Só aflição. Mas a capitã, do abismo de sua tristeza, conseguiu aprumar a nervosa cabeça loura.

— E depois, nenhuma outra notícia?

Januário perdeu rapidamente a cólera. Era impossível que alguém tivesse mais fé em seu amado. Veio-lhe uma fraqueza terna de poeta e de homem de lidar com panos e agulhas, mais perto, portanto, de compreender mulheres:

— Não, senhora minha, não temos notícias da cavalaria. Ela continua um mistério. Mas está havendo guerra mesmo sem ela. E do alto do trapiche qualquer um pode ver, como eu vi com estes olhos, os incréus morrerem queimados por óleo fervente ou de cabeça rebentada por pedras. Não eram soldados de verdade, mas faziam o que podiam e continuam fazendo... — Antes de descer, inclinou-se para a capitã, numa reverência. — Esteja vosmecê certa, o capitão Da Silva vai usar a farda de gala que lhe fiz para as festas de nossa vitória...

Então, enquanto ele descia a escada, as mulheres apuraram o ouvido. Estrépitos vinham em corredor, como se pessoas avançassem pelo mercado, na direção do trapiche.

*

Lá embaixo, diz o soldado que também pressente, como as mulheres, a aproximação dos seres invisíveis:

— Não serão os nossos, decerto. O diabo é que a defesa do trapiche está estudada para responder às naus do invasor, não é, senhor tenente? Não, não me parece pisar de nossa tropa...

— Um pirata é um pirata: em terra fica perdido, não sabe o que fazer. Um militar não teria gasto pólvora alguma em casa vazia de comando, a casa do governador! Ia ao encontro do grosso das tropas. Um militar não acreditaria facilmente em mentiras.

O dorso do soldado estava contra a grande porta do armazém. Postava-se ele sobre um saco de farinha.

— Por quantas horas pode alguém resistir aqui? O tempo corre, e o barulho está cada vez mais perto.

Mas o oficial desdenhou aquele pobre tão suspeitoso quanto as mulheres lá de cima:

— Sabes muito bem que nossos vigias até agora não perceberam nenhum sinal de inimigo no mar. — Era como sua reza, aquele argumento.

O soldado estava tão cabuloso quanto o fora o estudante:

— Mas e se eles, entrincheirados na casa de dom Francisco, conseguindo novas forças, ficarem senhores da praça? Seus tiros, não duvido, chegarão até aqui!

O tenente procurava comandar o inimigo que o estava sufocando, empurrando-o a todos os momentos para o interior. Era a própria consciência militar que assomava de quando em quando à garganta:

— Se eles... se eles... Eles pensavam que dom Francisco estivesse lá. E, se tomarem a casa, não terão nada para barganhar. Talvez, não sei, uma trincheira cavada à última hora.

Mas sua verdade explodiu por fim para fora da garganta:

— E aqui, qual a barganha?

O soldado ficou constrangido:

— Belo lote seriam... as damas que aqui estão!

Januário, já de volta, prestando atenção, concordou com o soldado:

— Algumas delas até que valeriam mais do que todo o ouro das Minas, que muito antes assanhou o outro francês, Degène. Em primeiro lugar, a flor desta cidade, dona Inês. — Quedou-se pensativo: — Mas nunca se sabe... — Interpelava gravemente o soldado: — Chegaste mesmo a ver as figuras marotas que andaram fazendo no muro de sua casa? Eu nunca vi, mas meus aprendizes, muitas vezes, me contaram. Um deles, quando voltava, de madrugada, de uma dança no Campo dos Ciganos, viu muitas delas.

O tenente largou seus comandados e foi encostar a face a um canto da vigia, observando o mar já escurecido e tão ingrato aos bons planos militares. O soldado soprou quase ao ouvido de Januário:

— São figuras que aparecem à noite, como por encanto. Pela manhã, são lavadas... Um ou outro madrugador as pode ver. Desenhos que não honram muito o marido de dona Inês, nosso mestre de campo. Que Deus me perdoe, mas é a pura verdade.

Rente à noite e a seu segredo, o tenente dizia, lá de longe:

— Talvez houvesse aqui menos barganha do que poderia parecer. — Os homens deram um salto. — Não, não me estou referindo às mulheres. Penso na tenção de um ataque pelo mar e de uma descida imprevista dos piratas aqui no trapiche. — Voltou-se: — Mas com nossos canhões não será tão fácil, e esta casa é bem batida. Assim mesmo, com tão poucos defensores. — Nesse momento seu acusador havia sido engolido e estava viajando ao largo do estômago. — Não tenhamos preocupações. *As paredes nos serão fiéis*. É isso mesmo, as paredes do trapiche nos *serão fiéis... e por muito tempo*.

A esse pequenino discurso, o soldado ajuntou:

— Daqui a pouco, senhor tenente, os estudantes não resistirão mais...

Afogueados, prosseguiram na conversa:

— Não creio — dizia Januário, incoerente e apreensivo — que os franceses tenham boa sorte. A estas horas, os estudantes de Bento do Amaral devem estar jogando pela janela os que procuram escalar a parede da casa do governador. Dizem que os franceses têm engenhos para despachar ganchos que se agarram aos muros mais fortes. São coisas de piratas. Sobem, macacando, pelas cordas, nisso são bons — continuou, sempre em contradição.

Pelo corredor da rua, não visto mas ouvido, assobiou, longamente, um tiro. Veio, após, um nome em língua desconhecida, e então houve como que pancadas no cimo do trapiche. Januário voltou-se para o tenente; este procurou acomodá-lo, vindo de seu refúgio junto da ogiva. Mas Januário pressentia. Não deviam esperar mais:

— Senhor tenente, vou ver o que produz este barulho, este... ouça, vosmecê... vem de *fora para dentro*...

*

A esse tempo, desatado um grande fardo de tecidos, Beleguina e as mucamas da dona do trapiche haviam armado um quartinho visitado seguidamente pelas aflitas senhoras.

Mal haviam terminado a instalação, e logo a ele a corrida discreta se fizera. E eis que agora algumas disciplinavam os próprios vexames e pressas: o silvo agudo de uma arma moderna espevitou a rua. Depois, ocorreram como que marteladas secas.

— Estão atirando alguma coisa à parede, mas pedra não é — disse Luisita.

Um objeto se desprendeu de cima, do lado de fora, e alguém praguejou em língua bárbara.

— Vai, Daniela — dizia Beleguina —, senão estouras. Vai, Daniela, minha filha, ao quartinho.

Daniela encolhia-se:

— Posso esperar... posso esperar, nhora mãe.

Depois de três silêncios, que se seguiram a três saídas das damas vindas do canto encoberto, nova pancada se ouviu no muro de fora.

Quando isso aconteceu, Januário já estava chegando. Acudindo com mais luz, observou que o último encosto da parede, que era feito por um oratório vazio, pintado de azul-celeste, tremia de forma rara. As mulheres que estavam acocoradas, as que estavam assentadas e até as que se velavam no quartinho correram e se puseram de pé, de encontro à parede, todas agarradas umas às outras, a olhar para aquela coisa incompreendida. Ninguém gritou, não houve pio; umas se enlaçavam às outras, e Januário se desconcertava: "Chamaria o tenente? Ficaria ali?".

Então o oratório, agitado mais fortemente, libertou-se de uma saca de mantimentos e se projetou, com estrépito, ao chão. Januário colou-se à parede e esperou.

Capítulo 6

Flores do rei de França

À queda do oratório sucedeu o escorrer dos sacos de mantimentos e caixotes que resguardavam a janela. Uma aluvião de fardos ruiu, empurrando mais apertado à parede o tremente rebanho de mulheres. Houve um findar de sol que triunfou, cegando e aturdindo; assomava pela abertura o longo cano de uma arma que ia empurrando um derradeiro obstáculo. Era sustida por mão de homem manchada de pólvora, mão grandalhona e rosada que vinha além dos punhos abotoados, arrematando a manga de pano vermelho. Após o braço, baixou o rosto viril, moço e rubro de sol, os cabelos soltos, estranhamente encaracolados, fartos. Um segundo mais, a véstia agaloada se entremostrava, apareceram os calções justos e as pernas de longas botas negras.

Sucedeu um só movimento das mulheres, como ovelhas balindo. O estrangeiro se plantou em cima dos fardos. Aquele bruto bem-vestido se espantava com elas:

— *Merde... en voilà des femmes!* [Merda, aqui estão as mulheres.]

Esgazeado de claro e escuro, havia tão somente visto as mulheres, mas Januário saltou como um gato, retirando a faca da bainha.

O intruso teve a fortuna de desequilibrar-se daquele monturo. Perdeu o mosquete, veio ao chão, mas escapou do golpe. Rápido, correu pela sala e, então, sacou a pistola. Careteava nervosamente e acompanhava os movimentos de Januário.

Mas que rodas e meias rodas! Quase em dança, em passo de capoeira, o alfaiate franzino, mas lépido, ia enganando a pontaria do francês. De pronto, baixou-se. Quereria deslizar e fugir? Não. Pretendia agarrar as pernas do oficial.

Agora, lá de baixo, vinha da porta forçada o estrondo; em seguida, a gritaria.

Januário pôde alçar-se junto do estrangeiro e agarrá-lo em corpo a corpo. O francês, menos hábil porém mais forte, chegou a conseguir que ele largasse a arma. Torceu-lhe o braço. Fê-lo volver-se. Ia aproveitar-se de sua proteção, a pistola rente às costas de Januário, enquanto as senhoras gritavam todas. Surpreendentemente, fugindo, pendendo de um lado e de outro em cadência, sempre desconcertando, Januário se livrou — seu punhal havia caído perto das mulheres. Depois de se ter desvencilhado e prosseguido na mesma maneira de lutar, rápido ele o apanhou. Possuindo a arma, abriu os braços. Ficaram atrás as donas espavoridas. Num instante já era Januário, aquele ser franzino, delicado, que vivia a fazer versos e enfiar agulhas, bem o homem. Num impulso quase delirante, investiu contra o inimigo para enfrentá-lo, usando quase voo oblíquo de capoeira e atraindo a si o oficial:

— Francês do inferno, eu te mato!

Não conseguindo alvejá-lo, o outro caminhou a seu encontro. Januário subiu a pequena muralha de caixotes e fardos. Dali, atiraria e mataria o "francês do inferno". As mulheres compreenderam isso e estavam certas de que Januário dominava o momento. Ele se equilibrava acima dos fardos e já, a face crispada, elevava o punhal que atingiria o intruso. Mas o oficial tinha agora alvo mais permanente. Talvez conseguisse acertar no demônio que volteava como bailarino, e não como guerreiro, esse estranho e pequenino homem, aparentemente o único guarda de tantas mulheres. Elas já estavam quase certas da vitória. Umas já iam ao respiro, pois Januário atirava a arma na posição própria e aguda de acertar. Mas o oficial francês mudou a postura, e um tiro estremeceu.

Januário encostou, por um segundo, a cabeça à guarda da janela. Tateou pela boca — corria um fio de sangue. Molemente, depois, esboçou um gesto de quem leva a mão à testa, sentindo dor. Nenhuma mulher gemeu de horror como desejaria. Esperavam todas que aquilo não acontecesse; que ele não caísse para fora, mas sim junto delas.

Não foi o que sucedeu. E, se o alarido lá embaixo não aumentasse, poderiam ter ouvido o baque mole do corpo frágil de encontro às lajes da rua.

Dona Inês movera o passo e, destacando-se do grupo, baixara agora os braços, levados no alevantar de aflição e de socorro a Januário. Não voltaria a seu lugar; cobria com a saia o punhal do alfaiate; esperava o instante de apanhá-lo. À coragem de dona Inês acudiu a da capitã, que se despenharia pela escada não fora ameaçada pela arma do francês:

— ...*Et vous! là-bas!...* [E vocês... aí embaixo.] — A senhora do trapiche puxou a capitã pela saia e fê-la encolher-se junto.

Era raro o semblante de Luisita, tão alta que sua cabeça se punha acima das outras; ainda serena, depois de tudo.

O francês fez um gesto com a pistola, ordenando ao grupo que se recompusesse e isolasse, pois a capitã já tentava novo movimento, talvez para chegar à janela.

Contidas as senhoras em seu termo da parede, o francês febrilmente inspecionou o salão. Daniela comprimia a boca, engolindo soluços. Ele não podia compreender que aquele largo e sólido edifício não contivesse um depósito de armas. Chegou ao limite da sala, arrancou a cortina improvisada.

— *Merde!... on cherche des armes, on trouve des femmes!* [Merda! Procuramos armas e encontramos mulheres.]

Luisita, então, disse alto algumas palavras da língua temerosa:

— *En bas, il y a ce que vous voulez, monsieur.* [Lá embaixo está o que o senhor quer.]

O bruto não pôde deixar de soltar uma exclamação de surpresa, e, enquanto ria, dona Inês fazia um gesto à capitã, que, dissimulada atrás dela, prendia a arma de Januário sob a saia. Luisita mal havia terminado de falar, e o homenzarrão, ameaçando a todas com a ponta da pistola, chegou até junto da escada, voltou-se espantado ainda, meio sôfrego de emoção, para a moça que falava francês e baixou pelo escuro.

Todas se desuniram de Luisita. Prontas e espertas, não quiseram sentir a sua companhia; mas a moça explicava com a mesma altivez:

— Eu disse que lá embaixo estavam as armas que ele procurava... mas, vosmecês sabem, além das armas, *nossos guardas*.

A capitã já se havia chegado à janela. As companheiras a viram entristecer de corpo e, de costas, murchar a cabeça. Lá embaixo, esfacelado, estava Januário. Ela não pôde deixar de sofrer, porque estava descomposto, a cabeça partida, e a massa dela saía misturada ao sangue. Era um homem que havia passado a vida a compor os outros, a disfarçar defeitos, a melhorar a aparência alheia, e findava em tamanho desalinho, achou ela em sua ideia de mulher.

Para fazer alguma coisa, talvez, dona Inês apagou o candeeiro. Bastava-lhes a luz da tarde.

Lá embaixo era o mistério. Houvera luta, sim. Ninguém sabia quem andaria no saguão do trapiche.

Luisita chegou à escada; as desconfianças entre ela e as senhoras se foram ampliando.

*

Pois voltemos.

À frente da Casa do Governo, que mundo de estranhos combates! Ouviam-se os tambores que palpitavam ao desespero. Por suas próprias cordas, eram atirados franceses que se enforcavam pelo ar, em meio aos espaventos, o troar de canhões que para eles convergiam — talvez do São Bento, talvez das fortalezas mais próximas. Mas eram os estudantes que enfrentavam os invasores. Estavam à morte e à beira do prazer. Capitaneava por ali o chefe, Bento do Amaral, morenaço e pachola, e comunicava à trempe seu ânimo caloroso. Alguns moços morriam guardando a trincheira, outros faziam sua guerra pessoal, meio facinorosa. Atiravam pedras, gritavam palavrões, depois de fazer disparar velhas armas; suavam, riam às lágrimas, a ponto de que se presumia: a aguardente andara por ali ao longo da espera. Os franceses seriam os judas de pano vermelho, e eles os atiravam pelas janelas, numa brincadeira perigosa, num entretimento em que a vida valia menos que a volúpia da empresa. E, então, o quadro era aquele.

Os estrangeiros, que já vinham sendo destroçados, perdendo armas, abandonando carroças à embocadura das ruas (havia uma largada junto à Igreja do Bom Parto com munições de boca e pólvora) depois do último desastre, não podendo tomar a Casa do Governo, encurralados e alvejados de todas as partes pelos estudantes, embiocaram em espessa marcha, em cerrada corrida pelo largo em fora. Além, estava o trapiche. Dois canhões, apenas, à porta. O cabo maior dos franceses gritava ordens que não eram bem entendidas por aquela malta de jovens fidalgos de roupas folhudas. Espantados com os reveses da empresa, não choravam ainda seus mortos, tão somente abalavam em fuga para um sítio qualquer, onde pudessem reorganizar as defesas. Embora não entendessem as palavras, mantinham o sentido comum da busca do refúgio.

Não houve quase resistência à porta do trapiche. Aqui mandava a tática do senhor governador, em que só valeria o ataque por mar. Os poucos soldados não resistiram.

Duclerc ia à frente; honra lhe fosse feita, encurralado como estava, seu moral não descaíra. Brandindo a espada, açulou seus homens. Dessa feita, dois foram os que tentaram a escalada pelas janelas. Apenas De Boiron, um dos oficiais de Duclerc, realizou a façanha de subir o muro; outro, tendo-a pretendido, ficou em meio ao caminho, resvalando, em má sorte. Ao desabar, estrugiram clamores.

Enquanto Duclerc e seus homens passavam pelas armas os pingados militares, postos à frente do trapiche, quase inermes, entregues à sorte, De Boiron, após tentar a escalada uma vez, praguejar, fincou a corda à beira da janela das senhoras.

Embaixo, forçava-se a grande porta, e agora os estrangeiros não sabiam por que, de súbito, os fogos haviam cessado. Não podiam imaginar que seriam postos às saias de senhoras principais.

O tenente e o soldado, a eles chegando alguns poucos que estavam pelo telhado, receberam com inútil valentia, e pobres expedientes, a maciça invasão. Mas era irresistida onda de mar, não eram braços. Tantos contra tão raros!

São eles, os defensores, enrolados, empurrados, despidos e humilhados. Um arranhão aqui, uma espetadela ali, uma ferida, um ombro que se desconjunta acolá — gemidos, lamúrias, xingamentos, e Duclerc, agora todos presos por mãos francesas, indo aos bofetões, às cuspidelas e, como de seu estilo, ordenando que ficassem desnudos. Não deveriam ser mortos. Não sabendo da existência das senhoras, contava que esses homens pudessem constituir alguma utilidade tática. Quando a vergonha, a desdita e a humilhação do tenente, do soldado e dos pobres-diabos que se desentocaram, afinal, lá de cima, com o fragor da invasão, estavam no auge, De Boiron desceu a escada. Vinha esfalfado pela luta, mas não deixava de mostrar boa cara. Estavam numa praça-d'armas, mas povoada por mulheres!

— Então — disse Duclerc —, estes homens podem conservar o mínimo... os calções, se os tiverem.

Tão somente com a roupa de baixo, os aprisionados foram postos na sala, cuja entrada era o embarcadouro. Os invasores esperaram os gritos das senhoras e quando, enfim, explodiram, abriram os braços, aliviados. O Bom Deus estava com eles. Quem agora ousaria alvejar o trapiche?

*

No saguão nem fora rebentada a porta, vigiada por um escravo gordo, que arfava inquieto. Em cima da pipa amarela — a guardiã do melhor vinho de São Sebastião do Rio de Janeiro — estava, manchada de negro, a flamante bandeira francesa. O escudo e o bastão de Duclerc haviam sido atirados por cima da velha carreta. Soldados franceses e um oficial examinavam as armas deixadas. Cansados e meio dolentes, apreciavam aqueles achados com um bater raro de cabeça, exclamações de desdém ou uma decidida aprovação.

Se as mulheres indagassem pelo tenente e seus guardas, talvez Duclerc, o *Mociu Ducré*, como chamavam, respondesse, se pudesse, em língua da terra: "Senhoras minhas, vossos guardas estão provocando os rubores das damas que se refugiaram no alto do embarcadouro, pois meus prisioneiros são sempre tratados assim. Como se estivessem galantemente feitos à disposição do amor".

Duclerc e De Boiron — este foi o que penetrou no andar de cima — conversavam e descansavam, deixando a seus inferiores o trabalho de preparar o saguão, condicionando-o para o ataque à casa do governador. De fora, trouxeram canhões — dois dos seis que guarneciam o trapiche. Acima, no muro do telhado, agitava-se, mal encoberta pela pequena fortificação, a fardaria vermelha dispondo as bocas de fogo.

Deitaram-se no meio do chão os dois principais, mas não pararam de falar, tamanha era a excitação. Duclerc, magro, os olhos pretos, ardentes, move, instantâneo, a cabeça de cabelos oleosos e duros, empastados de palha. Estava magnificamente vestido; espichou-se no chão com certa voluptuosidade nervosa.

— É o que te digo — e o cabo maior dos franceses revirou o corpo, ficando de bruços —, uma questão de paciência.

De Boiron levantou a meio a cabeleira para coçar a cabeça suada. Sentou-se, o peito sempre arfante. Entre os dois, parecia ele o senhor.

— Dizeis paciência para com o inimigo ou para com o chefe que nos trouxe?

Duclerc sentou-se também, observando o afã de seus homens, mas continuou, fanfarrão:

— Com o inimigo, já se vê, e comigo. Sabe que me pago de tudo vendo o nosso De Boiron estremecer até com o vozerio das mulheres... Estas, que aí estão arrastando móveis — e pesados ruídos se ouviam —, devem ser as que entocaram do lado do mar — baixou a voz para que seus rapazes não ouvissem a íntima confissão: — as flores do rei da França, pois eram todos de nobreza do melhor sangue. Todos dizem que não tive e não tenho experiência de guerra... — Duclerc se levantou e espreguiçou. Continuou, porém, com muita cautela de tom: — Mas estamos com o governador desta cidade ao alcance de nossas armas, meu querido De Boiron, e, lá em cima, damas importantes, à palma de nossas mãos!

Refrescada a cabeça e enterrada novamente a suntuosa cabeleira, De Boiron levantou-se, igualmente. Eles não poderiam repousar, embora muito precisassem de um cochilo, depois da caminhada desconcertante, do romper desarvorado por uma cidadezinha onde o povo respondia com água fervente e pedras, mas os militares, esses pareciam ser poucos e ocultos. Sabia-se lá que tática desenvolveriam. De Boiron baixou a face sobre o rosto magro e reto de Duclerc.

— É preciso não ter calor no sangue para tanta segurança. Se não conseguimos fazer nem mesmo aquilo que nosso comandante julgava tão simples...

Recapitulava, assim, um pouco do que se passara. Depois de julgarem que haviam iludido o grosso das tropas, vislumbrado de cima de um outeiro, às portas da cidade, haviam tentado tudo: duas igrejas, uma praça e o Palácio do Governo. Tudo falhara.

— Por que falhou? Nem se viam soldados regulares lá dentro do palácio!

De Boiron derrubou o beiço. Estava tão perto da face de Duclerc que o chefe passou a mão pelo rosto, careteando, sentindo o salpicar quente da saliva. Mas o oficial prosseguia, implacável, em seus comentários.

Um tenente francês ria, maravilhado com a existência da pólvora descoberta em grande depósito, e dois soldados atulhavam as armas com buchas, alegremente. De Boiron prosseguia nos ostensivos ralhos:

— Encontramos, sim, uma ralé de jovens ratos sujos que armavam catapultas e usavam antigos canhões ou atiravam pedras! Uma humilhante guerra *de pedras e água fervente*. De toda esta bravura, o que nos restou? Um casarão no monte e este outro depósito de mulheres. — Duclerc o apanhou de rijo pelos ombros e o sacudiu de baixo para cima, pequeno que ficava perto de De Boiron:

— Mas por pouco não tivemos o palácio em nossas mãos!

— Sim, atiramos as cordas e as prendemos às paredes do palácio, como o nosso comandante tão bem planejou... Alguns subiram esplendidamente; outros, felizes e corajosos companheiros, até conseguiram entrar...

Duclerc, momentaneamente, ficou abstrato, a fisionomia fechada, enquanto De Boiron prosseguiu em sarcasmo muito ácido, muito corrosivo, mas sem transpor as fronteiras da intimidade:

— Gloriosas criaturas, aquelas! Flores do rei de França, como costuma chamar o nosso general... — Por mais alheamento a que se entregasse ou fingisse estar entregue Duclerc, seria impossível que não fosse cruelmente ofendido. — Estavam nossos heróis a dois passos do salão do governador — continuava De Boiron —, quase junto, nas próprias barbas desse fantasma de governante, que ninguém conseguiu ver. — Duclerc batia com os pés, cadenciadamente, como quem reúne toda a paciência para o transe, e De Boiron prosseguia, implacável: — De repente, com as cordas e os ganchos ainda nas mãos, foram todos, todos agarrados por esses infantes, que pareciam brotar do chão como formigas, saindo dos buracos em todos os cantos da cidade!

Duclerc examinou o trabalho de um de seus soldados, entregando-lhe, em seguida, a arma reparada a seu modo. Espreguiçou-se.

— É sempre o orgulho. — Não pôde conter um bocejo, de tão indormido que estava. — Para todos vós, o nativo da

Guadalupe não poderia ter sido o primeiro. Todos vós — principiou a falar mais alto — vos esqueceis de que fui soldado ao nascer. Quando sugastes o leite tranquilo de vossas amas, aquelas doces aias, de sempre muito bem fazer a vossos senhores pais, eu já amanhecia na guerra.

O orgulho era varrido para longe. Duclerc tornava-se amargo. Procissões de imagens antigas desfilavam atrás de seus olhos negros.

— Vi meus pais serem mortos pelos ingleses, num palácio quase igual ao que tentamos tomar agora e num clima tão quente como o que aqui encontramos...

De Boiron enxotou de junto um jovem que aguardava ordens de mãos vazias.

— Pelo menos podeis poupar a repetição... — E imitou Duclerc, com empáfia: — "Desde então aprendi com os ingleses aquilo que fizeram aos nossos em Guadalupe, tirando a roupa dos prisioneiros: *porque um homem nu deixa de ser, no próprio instante, um gentil-homem...* — De Boiron mudou o tom, exasperado: — Mas os que foram enforcados diante de nossos próprios olhos eram franceses que estavam vestidos com o maior luxo e grandeza para que, sempre de acordo com o nosso guia, os nativos desta terra ficassem rendidos e ofuscados pela riqueza dos trajes de França. — Rápido, saltou para outro tema, num sinal de desgosto verdadeiro: — Quantos oficiais ainda teremos?

Franzino, Duclerc apertou com surpreendente força o braço de De Boiron:

— O necessário para, com nossos soldados, guarnecer todo este depósito e esperar tão calmos quanto me encontro agora e nas horas mais graves. — Largou-lhe o braço; deliberadamente voltou ao descanso. Espichou-se: — Lembra-te de que temos forças poupadas, homens descansando no convento daquele outeiro e de que nossos barcos estão a dois passos daqui, apenas à espera de uma simples ordem.

A confiança de Duclerc parecia atingir em tanto ou quanto a De Boiron porque, com volubilidade surpreendente, também se pôs a comprido junto de Duclerc, que viu espalmada em sua mão grandalhona a rica cintilação de uma joia. Era a rosa de ouro de irmã Maria Teresa. Dizia De Boiron:

— Até agora, este é o único ouro que vai para os financiadores da empresa... É a ínfima porção da montanha dourada que prometeste!

Duclerc ficou atraído por aquele resumo de tudo o que buscava ali, naquela cidade. Atrás da rosa de ouro cintilavam esperanças, meses e meses de planos, ânimos desfraldados de quantos moços conseguira atrair para fazer o corso em terras do Brasil. Lembrou-se até de seu protetor, monsieur Du Casse, hábil nesses empreendimentos, que conseguira o apoio dos financiadores. Recordou-se, sem o querer, da própria mulher cravando nele os olhos da usura. Sabia que, além das montanhas desta cidade — e cartas indicavam o fácil caminho —, o ouro era extraído em proporções tão grandes que uma vaga de riqueza se derramava pela corte do antes pobre rei de Portugal; que aventureiros sem conta partiam para o território que chamavam as Minas Gerais e que nesta cidade de aparência pobre existiam depósitos suficientes para atulhar de sacos de ouro os porões dos navios e enriquecer os associados. Aquela rosa de ouro simbolizava tudo; o sonho de muitos meses e a realidade atual, uma realidade bem tangível. "*Le Vainqueur de Rio*" [O vencedor do Rio] seria um nababo. Outros alimentavam a mesma ideia. Mas ele estava ali. A prova da riqueza fácil era aquela flor achada numa chácara de beatas. Sentiu violenta curiosidade, mas moderou o impulso. De Boiron, prestigiado na França, era homem inteligente e, por natureza, despótico. Talvez fosse sua maior dificuldade: esse companheiro e rival em tais lonjuras. Disfarçou, portanto, a admiração pela rosa de ouro:

— Um dia me contarás a história dessa rosa.

— Mas ela não é longa — respondeu De Boiron, o nariz pendente para a pequena maravilha. Ao calor de sua mão, a rosa se aquecia. Na trepidação nervosa da guerra, batia ainda violento o sangue. E a rosa parecia viva e pulsante.

— Já que tu não estás interessado em ouvir as minhas aventuras, dispensa-me também, pelo menos, por hoje. É fácil acusar um chefe — teve um estremecimento de cólera contida —, mas eu te asseguro: ainda que eu morra agora, meu feito entrará para a História!

Os rumores lá do alto recomeçaram. Era tão estranho o silêncio da guerra quanto o rumorejar do mulherio atrás das paredes. Era tão curioso que os homens só tivessem ouvidos para aquele agitar de mulheres invisíveis e que nenhum sinal de hostilidade do inimigo transparecesse na pausa carregada de suspeitas e planos!

De Boiron, depois de ter dado um recado a um jovem para que fosse buscar monsieur Valère, o tipo velhusco, italiano e pleno de experiência em terras remotas, voltou para junto de seu *general*. Satisfazia-se, emocionalmente, irritando Duclerc. Sentia uma atração violenta por molestar aquele chefe pequenino, como certos varões se comprazem em irritar as mulheres, quando estas acusam uma grande superioridade. Vinganças de motivos mesquinhos bem lhe davam satisfações quase físicas.

— E por que não quisestes aplicar o vosso sistema, o tradicional sistema de Guadalupe, nas prisioneiras? Estariam mais quietas.

— Às vezes, chegas a revolver-me o estômago. — Duclerc voltou-lhe as costas e continuou: — Com tua nobreza toda, és mais selvagem do que o escravo fugido da ilha que nos ensinou o caminho.

Na atmosfera da espessa presença das damas ocultas, havia horas em que não ouviam um só disparo — as ouças aguçadas captaram, primeiro, uma trepidação distante. Duclerc e De Boiron, alheados um do outro, por fim se entreolharam. Logo, o rumor se fez entendido. Ao longe, estourava um tropel. Duclerc procurou conter De Boiron, que já ia sofregamente às ordens:

— Vamos esperar. Continuaremos esperando.

— Entendido, meu general. Devemos morrer para poupar pólvora e aguardar nossos navios.

Era sempre aquela aguda dificuldade. De Boiron fazia tudo para desprestigiá-lo. Desfazer-se daquele demônio? O pior é que não poderia sequer tentar; os outros lhe tinham estima. "A estima fácil que se consegue com a crítica, a caçoada, no meio de homens privados de distrações", pensou Duclerc.

— Simplesmente, De Boiron, estás atrasado. Os nossos já receberam ordens. O conde de Ruiz deverá parlamentar. Pediremos então a noite de hoje, apenas a noite de hoje, para nos despedirmos desta cidade. O tempo preciso, exato, para a chegada de nossas naus. Não há engano possível.

Enquanto Duclerc falava, claramente os ouvidos apuravam a tomada de posição da cavalaria. De Boiron não se importava que o adolescente carregando o mosquete, defronte, ouvisse o que iria dizer:

— E pensais que será tão fácil assim? Eles darão a trégua porque... porque são uns pés descalços e sois um belo, emplumado súdito do rei de França? Podereis então fazer a famosa "ação conjunta", usando nossa pobre artilharia e nossas naus invisíveis?

Além da porta do trapiche, uma voz poderosa explodiu com imponência:

— *Halte! Au nom du roi! Le general Duclerc fera une proposition...* [Parem! Em nome do rei! O general Duclerc fará uma proposta.]

Um clamor surdo estourou além das paredes do trapiche. Depois de recolhida, a cidade rugia, afinal.

Duclerc levantou os olhos pretos para De Boiron e supôs que, depois disso, talvez houvesse crescido no espelho.

Capítulo 7

Ele veio... eu sabia

Podiam fingir que não a estavam vendo. Mas, novamente, as vistas erradias e prevenidas das donas buscaram, solícitas, quem detinha o segredo: Luisita.

— Ele disse: *Parem em nome do rei. Em nome do rei, o general Duclerc fará uma proposta.*

Desde que ouvira o tropel, a capitã ficara um tanto perdida de si mesma, mas aquela proclamação a havia posto em juízo:

— E como sabes tudo isso?

Foi o sinal para que a menor de todas também ousasse perquirir a menina Luisita. Beleguina empenhava-se, açodada:

— Onde aprendeste esta fala maldita?

Luisita floriu, bonançosa, a cabeça adejando por sobre o povinho aflito:

— Saibam vosmecês que aprendi a falar o francês da santa boca de um capuchinho, a quem ajudei no jardim.

Aquilo as deixou mui perplexas. Pensativa, a capitã ponderou:

— Quem sabe se não desejam pagar resgate e voltar? Talvez tenham ouro bastante.

As mulheres viram, então, dona Inês tentar explicar qualquer coisa. Teve de mover os lábios umas três vezes — ela que era tão pronta no falar — e por fim perguntou:

— Vosmecês não compreendem... até agora... o que se passa?

A dona do trapiche partiu para ela, ainda com ares de senhora da casa:

— Pois que vosmecê diga, então!

Dona Inês plantou os olhos no mulherio — a doce menina Daniela que deslizava suspirando, largada, detrás das cortinas e se juntava à mãe; na face comprida e aflita de Beleguina; na desdenhosa imagem de Luisita; no afogueado e lustroso rosto da capitã; no autoritário, senhorial semblante da dona do trapiche — e ainda teve a preocupação de reparar nas duas mucamas inertes, agachadas junto da parede, as caras escuras, votivas e inermes:

— Vosmecês não compreendem... Será possível? *Nós... nós somos o resgate!* — E continuou, esclarecendo aquele mundo de desvarios: — Foi por isso que não se ouviu mais um só tiro.

Interpôs-se a escala alegre da cavalaria, dedilhando para cima e para baixo.

A capitã juntou as mãos, agradecida pelo corpo todo, iluminada de sangue, brilhante de ânimo:

— A cavalaria está aí, não há dúvida! Não fomos nós, como pensa dona Inês, que fizemos esta trégua. — Rio criança; alvorecia em pessoa, a crina tão alegre que parecia viva, bulindo de prazer. — Foi o medo dela, da cavalaria, dona Inês! A chegada do capitão da Silva *nos deu esta trégua*. Meu marido... ele veio, eu sabia!

*

De Boiron mostrou Luisita a Duclerc:

— Um oportuno achado de guerra. Fala a nossa língua.

Duclerc deixou Valère, com quem conversava em discrição, e se voltou meio ofuscado de surpresa para Luisita. Como fazem os franceses, teve música e gesticulação, e derrubando o lábio em exclamações nos tons mais diversos:

— Então também aqui, neste fim do mundo, se aprende língua de cristão?

Luisita levantou os ombros.

— Sou francesa.

Duclerc avaliava com benevolência aquele todo jovem, alvo e forte.

— Tua saia não te protegerá se estiveres mentindo. E de onde vieste?

Ainda mesmo diante do general, era afrontosa:

— Não importa! Eu não nasci lá, mas minha mãe era francesa.

De Boiron disse alguma coisa a Duclerc, e ambos riram. Compraziam-se em concordar num ponto: a moça era bonita e poderia ter nascido em qualquer parte da boa terra do rei Luís XIV.

De Boiron assumiu o aspecto de um investigador insolente:

— Não me parece impossível, meu general. — E continuou a medi-la com os olhos.

Luisita avaliava os poderes daqueles homens tão famosos de roupa e, no entanto, tão faltos de armas.

— Minha mãe nasceu em Saint Malo, e meu pai, calafate de navio, a trouxe, escondida, no porão.

A moça encarava os homens com firmeza.

— Bravo! — exclamou Duclerc. — Assim é que se faz... Também aprendi a falar num lugar como este, com ventos tão quentes e gente tão louca.

Luisita observava Valère, que agora enrolava pacientemente misteriosas faixas de pano, em trabalho meticuloso. Ela continuou:

— Senhor general, há quinze anos, eu tinha então cinco, minha mãe prestou alguns serviços ao senhor De Gennes, que antes de vós tivera a mesma ideia. Segundo me afirmou este negro ainda agora — o negro ficava atento à conversação que não podia acompanhar —, há em vossa frota homens que conheceram minha mãe. Podeis verificar, não estou mentindo.

— Estás cada vez mais interessante. Mas continua — foi dizendo Duclerc.

— Não sou portuguesa.

De Boiron apertou-lhe o braço:

— Pois viva a França! Que vieste fazer aqui no meio dos soldados?

— Buscar algumas palavras, para acalmar as mulheres. Que devo dizer?

— Espera, espera! — disse Duclerc, tomando um tom de apaixonante seriedade. — É verdade que está aqui a cunhada do governador e mulher do mestre de campo?

Luisita cruzou os braços, chegou-lhes os olhos bem a ambos:

— Pois é verdade!

Duclerc, afetuoso pela confirmação do que supunha ser uma história fantástica repetida entre soldados, apanhou a mão da moça:

— ... a dona deste trapiche e a mulher do capitão de cavalaria?

— Estão aqui.

Duclerc passeou triunfante a véstia de seda sob a casaca rodada, num pequeno círculo:

— Disseram-nos... mas nosso nobre Du Boiron não queria acreditar.

O outro retirou o rosto amável posto para mulheres e usou a face rixenta para homens.

— Não gosto de misturar guerra com mulheres. Elas dão má sorte.

Luisita não se ofendeu. Impacientou-se:

— Mas o que devo dizer às senhoras?

— Dize-lhes que... que nós somos muito bons... que pedimos uma trégua para toda a noite, para que possam dormir em sossego, mas os portugueses não lhes quiseram dar um termo tão justo de sono. — Duclerc fazia outra volta, esta, agora, não a do orgulho, mas a do compassar da língua. — Temos somente uma hora de espera, mademoiselle. Depois disso, veremos o que se pode conseguir.

Luisita já ia subindo a escada; parou, ouvindo Duclerc:

— Dize-lhes também que qualquer sinal de rebeldia será punido prontamente, sem pena. Espera, como te chamas?!

— Luisita.

*

Espalmava-se, subindo em fumaça, a voz do arauto, mais uma vez:

— *Au nom du roi! Le general Duclerc fera une proposition...*

E, novamente, a grita da cidade se derramou portentosa, num comentário confuso.

Luisita havia voltado para Duclerc:

— Estamos entendidos, *ma petite Louise.*

A moça observava aquele chefe que tinha a origem de sua mãe em suas medidas de autoridade. Fazia um gesto ao negro, que descerrou a pesada porta.

Ela sabia que os franceses estavam, no momento, com a fortuna em sua posição. Deixou-se ficar. Sentiu algum prazer em estar ao lado deles, quando o estudante, descerrada a larga porta, se projetou do quadro entrevisto lá de fora para o do trapiche. Ele fez uma pequena reverência, que foi correspondida por Duclerc e De Boiron, mas, ao esbarrar com a face de Luisita, recuou um passo, como que procurando explicação. Recompôs-se. Perfilou-se, enquanto Luisita, levemente zombeteira, avaliava seu mau jeito militar. Disse ele:

— O senhor governador, dom Francisco de Castro Morais, faz saber, em nome de El-Rei, que deseja serem libertadas todas as mulheres deste trapiche.

Novamente o estudante buscava, perplexo, alguma razão para o desempenho de Luisita, tão à vontade junto dos oficiais franceses.

— Dom Francisco não aceita nenhuma outra proposta se elas *não forem* libertas...

O estudante observou a cena. De cada lado postavam-se os soldados franceses, mas Luisita parecia o centro de algo importante, porque tanto Duclerc como De Boiron diziam baixo breves frases, e ela representava um papel inesperado, ouvindo as ordens que repetia bem alto:

— Dizei a dom Francisco de Castro Morais, da parte do general Duclerc, que as mulheres estarão livres às seis horas da manhã.

Desarvorou-se o moço — de militar foi a paisano, desfeito e aturdido:

— Mas o senhor governador exige que a ordem seja cumprida neste momento!

Entre as magníficas figuras de Duclerc e De Boiron, Luisita respondeu, indiferente à enervada espera do estudante:

— As mulheres e as armas só serão entregues às seis horas!

Além da escada, havia a alminha doce de Daniela, que pesava mais do que as preciosas vidas das altas damas que estavam por lá. Depois de rápido cumprimento, o jovem defrontou-se com aquele caminho escuro que lhe dizia recado, mas, antes de sair, assim como fizera com Luisita, fitou o negro por alguns segundos. A porta se fechou sobre ele, e Luisita subiu a escada, desempenada e mulher-feita.

*

A luz do candeeiro punha longa sombra à figura de Luisita. Muitas partiram para ela, sôfregas. A dona do trapiche a inquiriu primeiro:

— Mal pudemos ouvir... O que diziam, Luisita?

Luisita desafogou-se, natural:

— O senhor dom Francisco exige que sejamos postas em liberdade *hoje mesmo*!

Os braços arruivados de luz desigual da dona do trapiche clamaram com ela:

— Graças, meus Santos Generais, graças!

A límpida Luisita, no entanto, enroscava um gesto, acorrentava a fala. Erguia os ombros:

— Mas monsieur Duclerc disse que nós... nós e as armas do trapiche... só seremos entregues às seis da manhã!

Cochicharam, empurraram. Daniela vinha também, mas foi posta de lado pela mãe. A capitã perguntou:

— E quem transmitiu a ordem do governador?

Seria possível perceber um sorriso contido na resposta da moça.

— Senhora, não foi um cavalariano, mas aquele estudante que aqui esteve.

A dona do trapiche arrastava dona Inês pelos ombros, e esta se punha meio esquiva:

— O que pensa dona Inês? Dom Francisco e dom Gregório esperarão até o amanhecer?

Deixada Luisita em sossego, agora rodeavam dona Inês, e esta só fazia dizer baixo:

— Não sei... não sei...

— E como não sabe? Se vosmecê é a única que pode dar resposta? — perguntava a dona do trapiche, puxando-a pelo braço.

Sombria estava dona Inês e, ainda que a afogassem de cuidados e rogos, parecia fugir, misteriosa:

— Nada sei... nem mesmo se dom Francisco mandou essa ordem!

Luisita veio para junto.

— Vosmecê não acredita em mim?

A dama se esquivava. Suspirava, parecia ansiar por livrar-se de todas. Desejava o escuro e mais nada, mas, viajando para a sombra, todas lhe iam ao encalço, e mãos nervosas e hálitos a buscavam. Por fim, desatou humor:

— Peço que não me perguntem mais nada!

E as mulheres se pasmavam e inquietavam com dona Inês, até que a capitã cantarolou:

— Se dom Francisco não aceitar a proposta de *Mociu*, meu marido virá salvar-nos!

Beleguina desvestiu parte de sua roupa. Sabia que não iria ser fácil sair logo.

— Agora já sei — e deitou ditado próprio: — *Em tempo de guerra, o melhor é ficar com o povo miúdo...*

Daniela ecoou, plangente:

— Nhora mãe tem razão.

Dona Inês tentava dizer qualquer coisa. Aflorou à luz sua bela face. Passou em cada cabeça que houvera um fio de enredo entre aqueles desenhos do muro — nomes soprados ao ouvido, coisas de conversas de homens a que as senhoras não deveriam dar fé, mas que as ouças apuravam vez por outra, com aquela atitude da senhora. O muro de dona Inês, com seus desenhos que faziam falar a arraia miúda e mais os fidalgos, acendeu no espírito de cada uma a intriga-mor da cidade. "Vai-se ver é verdade o que dizem aquelas pinturas imorais..."

E era como se dona Inês soubesse que elas todas pensavam naquilo que não deveria ser mencionado por dama honrada.

— Vosmecês sabem muito bem que para alguns *eu não tenho valor.* — Aí, ela mesmo o disse, como querendo significar: — *Não tenham muitas esperanças de que seja eu a fiadora.*

Ensejo não veio, porém, para que as mulheres levassem adiante essa penosa situação. Houve um súbito clamor; mais uma vez o ruído da cavalaria se fez próximo, e o som dos cascos percorreu o invisível corredor da rua até perto do trapiche.

Afoitamente, a capitã correu à janela, e foi um abalar de fardos e caixotes, em estrépitos, uma energia de derrubar tudo que prendia a janela. Luisita pretendeu demovê-la:

— Senhora, é uma loucura!

Mas a capitã, com esforço, descobriu a janela que surgia em seus vidros partidos. Ela, que falava da morte de Januário, da chegada do invasor — a janela que era a única vista para um mundo misterioso que somente adivinhavam. A capitã subiu, apoiou-se ao parapeito desconjuntado. Parecia bandeira de vida. A luz estava nela, no arrebol de sua crinazinha satisfeita.

Viram-na baixar o corpo e acenar com o lenço, depois voltar-se com grande entusiasmo e alegria incontida, repetindo sempre, repetindo:

— Estamos livres, estamos livres, ele veio… eu sabia.

Luisita correu à escada, aprofundou-se nela, mas a capitã agora já a acompanhava, empurrava-a desenvolta, em desabalada corrida ao encontro do marido.

*

Não era a voz do arauto, mas sim a do próprio capitão Da Silva:

— *Em nome de El-Rei, abri!*

Duclerc impacientou-se:

— *Et encore!* [Mais uma vez!]

Mas, num gesto, mandou o negro abrir a porta.

O capitão Da Silva entrou em grande uniforme. Sua casaca, de largos punhos, era abotoada com ouro. Seus sapatos de polainas curtas estavam rigorosamente novos e brilhantes. A cavalaria surgia em seu esplendor mais atrevido. Arma nova da terra, ela se punha famosa na presença dos franceses, naquela guerra de aparências vistosas. Ah, se mestre Januário pudesse assistir à entrada do capitão! Se pudesse vê-lo na farda nova que fizera!

A capitã, descida a escada, atirou-se, sem que a pudessem reter, para o marido; quem o poderia? Ele a abraçou, sorridente. Tudo nele era segurança. Respirava dignidade tranquila. Envolveu-a com o braço esquerdo, enquanto ela o engrinaldava de si própria, mansa e feliz, a seu lado, e a mão direita do capitão ia à espada. Dizia aos franceses:

— Elas vão comigo… agora.

Luisita velava a escada. As outras ali eram contidas.

De Boiron grunhia, quase inaudível:

— *L'imposteur!* [O impostor!] — E avançava em direção às mulheres. Junto delas desembainhou a espada. Haviam chegado todas, mas estavam amedrontadas e imóveis nos degraus, passarinhavam trêmulas.

E o capitão Da Silva dizia bem alto:

— *Todas vão sair já!*

Com esse estímulo alguém ousou — a dona do trapiche empurrou Luisita, e outras a seguiram. Foi um deslizar de quatro ou cinco, e De Boiron procurou impedir que se colocassem ao lado de Da Silva, mas o oficial francês tinha a sua atenção dividida. Desviava das mulheres e, ao mesmo tempo, bem se preocupava com Duclerc, que levantava a espada e investia contra o capitão Da Silva. Ágil, Da Silva deixou atrás a mulher e procurou prosseguir na direção da dona do trapiche e de suas companheiras. Duclerc cortou-lhe os passos, espada contra espada.

Elas se espalharam, trêmulas e quietas. Os soldados abriram o campo para o desafio, e um límpido soar de metais cantou por alguns segundos enquanto, em angústias, as almas rezavam aos Santos Generais de nosso Exército.

De Boiron sabia de tudo, pois que gritou rubro, de repente:

— *Ne le tue pas, je te dis, ne le tue pas!* [Não o mate, eu te digo, não o mate!]

Mas o nativo da Guadalupe — quem ousaria infamá-lo depois disso? — arremetia a espada em embriaguez crescente. O outro correspondia afoitamente aos golpes. Queria o caminho livre. Havia poucos passos entre ele e o lugar onde estavam esperando umas poucas mulheres. Transporia o pequeno francês, de cabelos pretos e empastados, que movia a espada como se ela cobrasse vida por si mesma, fosse muito mais esperta de que seu engenho. Seria rápido. Mais alguns passos para perto delas — Duclerc estava recuando —, e eis que essa espada independente, pois que ele parecia menos dono do que merecedor de sua valia, atingiu Da Silva no peito mesmo.

Duclerc embainhou a lâmina tinta de sangue e esperou. O capitão Da Silva caminhou até chegar junto da dona do trapiche. Sim, ele deu uns três passos, perfeitamente certos, embora a bela farda já estivesse manchada de sangue. Não cambaleou. Caiu de uma vez só, junto delas.

Ela, a capitã, veio lá do fundo, gritando, gritando por seu amor perdido. Até mesmo os homens, que não haviam chorado seus mortos, tiveram um longe de emoção por aquela mulher que vinha desfeita cair, um resto de si mesma, ao lado do marido morto. "Ó não, não!", dizia ela e prosseguia protestando. Não podia ser verdade. Seu Anjo Gabriel não poderia ter sido vencido. "Ó não, não!" E o pranto aflorava aos olhos de todas, e um surdo gemido ecoou pela sala do trapiche, quando a capitã beijou e afagou seu amor em quem confiava como só se confia em coisas certas do céu, e não nas coisas tão vãs desta terra.

Capítulo 8

Vinho para o inimigo

Desceu o marasmo de moscas tontas a esvoejar na meia penumbra. De Boiron repunha em seu lugar pedaços de móveis e caixotes, ajudado por um oficial. As mulheres murmuravam. A mesma cena infindável. A janela proibida voltava a escurecer. Já não sabiam se aquilo seria feito para a defesa ou para vedar a curiosidade. E no calor pesado, acabrunhadas, desamparadas de esperança, as mulheres ouviam o choro da capitã. Vinha de todo o corpo, como se ela se estivesse rasgando, se perdendo naqueles soluços que não tinham mais fim. Ninguém pudera sequer dar uma palavra de conforto, pois o desespero agora habitava em todas. Desde a dona do trapiche às suas mucamas, o pensamento era um só: "Morreremos aqui com estes incréus". Dona Inês não animava, não dava sequer um vislumbre de fé em seu marido; parecia resignada — era só. Imaginava-se que do fundo de seu abandono, daquele choro de viuvez no qual ela se pranteava a si mesma, a capitã não mais voltasse à tona, que chorasse e se precipitasse até perder a razão. Ficaria louca ali com elas ou então desmaiaria: mas aqueles terríveis soluços foram espaçando, as lágrimas secaram, e ela, o rosto inchado e vermelho, saiu de seu alheamento para observar De Boiron. Olhava-o com ódio feroz, como se toda a energia do pranto agora se tornasse uma forma de odiar. Investiu para o oficial:

— Assassinos... assassinos... assassinos!

Tremia da cabeça aos pés e se esquecia de sua condição de mulher, querendo agarrá-lo, batê-lo, pisoteá-lo, em fúria animal. Ele a empurrou duas ou três vezes. Achava-a grotesca. Ria-se dela, e, se as outras não tivessem vontade de chorar, talvez lhes fosse próprio rir de tão insensata que se pusera:

— Escondidos debaixo das saias das mulheres... Assassinos!

Mas De Boiron não quis levar adiante o que lhe parecia um episódio cômico, nesse enredo de guerra, no qual as mulheres haviam aparecido. Tinha uma vasta prática, muito galante. Com um sorriso crispado e um pouco trêmulo — indicando já cansaço —, ele a segurou nos braços, levou a mão ao decote e arrebatou-lhe a arma — a faca de Januário. Feito isso, empurrou-a com decisão e segurança:

— *Les bonnes manières, c'est tout.* [Boas maneiras, isso é tudo.]

Dona Inês procurou dominar a capitã. Ela sabia que tudo poderia acontecer. Daniela, a um seu sinal, havia apanhado um pequeno vidro de dentro de uma sacola, sobre um dos caixotes. Passada a crise de desespero, dona Inês obrigava a capitã a cheirar o frasco de sal, mas esta lhe dizia:

— Não sou mulher nem de desmaios, nem de passamentos.

— Mas é bom. Vosmecê precisa.

De Boiron, terminada a tarefa, observava levemente aborrecido aquela contingência da tomada do Rio de Janeiro: a companhia de mulheres tão indesejáveis.

Compreendeu que, como acontece com as mulheres, até mesmo as da corte do glorioso Luís XIV, o choro substituía a agressão — pranto e violência, nas mulheres, significando o mesmo. A música dos soluços voltaria, e tudo ficaria embebido de espera, na relativa quietude dessa trégua — que poderia ter sido perfeitamente útil, não fora a tola precipitação de Duclerc, matando o capitão.

De Boiron tirou um lenço, um volumoso e formoso lenço para enxugar o suor do rosto. E de seu bolso se desprendeu como pequena porção de luz dourada. Caiu ali mesmo, junto de Daniela, que se acocorou à sombra, e ela, então, avançou a mão para aquela claridade — era a rosa de ouro de irmã Maria Teresa! Mas, quando a mão já ia a tocar naquela rosa que era um pedaço de seu amor e de sua ternura, aparecendo como doce chamado, De Boiron, rápido, a apanhou.

Antes disso, porém, a mão de pedra deslizara pesada sobre a mão da moça. Ele fitou Daniela por alguns segundos ("Nem todas são indesejáveis..."), guardou a rosa de ouro em seu bolso e deu em língua de estranho o recado para Luisita:

— Não te esqueças. És sempre a responsável... — Compôs-se um pouco, para descer a escada, e ajeitou mais uma vez a tofuda cabeleira, desaparecendo da vista das mulheres, que ele oprimia como sombra de agouro.

A capitã, assim como De Boiron previra, voltou a seus soluços: soluçou, soluçou. Pôde falar:

— Ele estava tão lindo... Parecia até o Anjo Gabriel. Não... era o nosso São Jorge que ia matar o dragão. São Jorge, no seu cavalo branco, todo brilhando em ouro, uma beleza! — Secou um pouco as lágrimas, mudou o tom lamentoso: — Vosmecês sabiam que ele me viu?... Se eu não aparecesse à janela... quem sabe?...

A dona do trapiche tentou consolá-la:

— Dom Francisco, decerto, o mandou.

A capitã voltou-se contra a parede. Seu dorso sofrido falava de sua dor. Dona Inês passava-lhe a mão pelo ombro e prosseguia no consolar da dona do trapiche:

— Ele foi mandado por dom Francisco ou... por quem estava na casa do governador...

Palavras de consolo, graves palavras que se dizem a esmo, mas Luisita estava atenta; veio como uma ave que se abatesse, faminta, sobre o grão de longe apercebido:

— O governador não está lá?!

Dona Inês não ficou abatida pelo engano que cometera. Com perfeita naturalidade, enfrentou a fome de Luisita:

— Não sei... Há sempre muita gente a dar ordens. Eu quis dizer: dom Francisco... ou seja lá quem for.

Luisita sorveu-lhe as palavras:

— Se ele não está onde deveria estar, a partida está ganha.

Severa, dona Inês retrucou:

— A partida está ganha... mas *por quem*?

Desentendeu-se Luisita. Agora, já não era a Luisita dos recados nem tinha obrigações para com a nobre senhora.

— Ninguém saia daqui. Sou responsável por vosmecês, como já sabem.

Despachada, o xale flutuando às costas, Luisita viajou pelo espaço coberto de homens soturnos, murmurando algumas palavras lastimosas. A espera no trapiche se fazia impaciente também lá embaixo. A moça foi direta ao chefe. Duclerc a recebeu com simpatia.

— Mademoiselle é sempre interessante. Estando aqui, sem sair, como pode saber de alguma coisa?

Luisita ofereceu o que supunha vir a ser delícia para os ouvidos dos franceses:

— A senhora dona Inês, a cunhada do governador, pensa que ele não está no palácio...

De Boiron, que se havia achegado ao assunto, lançou um olhar desafiador a Duclerc.

— Ah! O famoso fantasma do governador que ninguém viu!

Ao fundo, encostado à porta, o negro tentava em vão acompanhar a conversa dos franceses.

Corada e impaciente, Luisita conjecturava indo a um e a outro:

— Quem sabe se dom Francisco ficou em sua trincheira? E só agora, com sua tropa, chegará ao palácio guardado pelos estudantes?

Duclerc apertou-lhe afetuosamente as mãos, mas sua voz era zombeteira:

— Brava, senhora generala!

De Boiron, contudo, ponderou:

— Mas é bem possível! No assalto ao palácio, nenhum dos nossos viu o governador! Ela deve ter razão. Não podemos perder tempo.

Às vezes Duclerc, no auge de uma discussão, ficava meio ausente, os olhos sem pestanejar. Vertiginosamente, então, voava para bem longe. No momento, sua essência passeava pelo campo vislumbrado, ao longe, do morro de cuja encosta havia descido para essa pequenina, feia e tão incerta cidade. Era possível que De Boiron tivesse razão. E isso lhe parecia sempre o pior, nessa guerra onde a vilania de um companheiro de expedição era o pior de tudo. O governador ficaria postado à trincheira esperando, até então, por uma decisão em campo de batalha de venerandas, antigas recontagens? Encarnou-se em si mesmo, depois de ter saído do trapiche e pairado por cima da trincheira do governador dom Francisco de Castro Morais.

— *Ma petite Louise* [Minha pequena Luísa], entre as damas aqui abrigadas, a mais preciosa é dona Inês?

Luisita alçou os ombros.

— Ela está em primeiro lugar, sim. Mas, em segundo, vem a dona deste trapiche, senhora muito rica. — E ela se fez sarcástica: — Generosa a ponto de fazer-nos usar seus vestidos velhos. — De Boiron impacientou-se. Uma mulher jamais pode dizer alguma coisa andando em linha reta. Luisita, porém, continuava: — O senhor Gaspar Soares, marido de nossa *hospedeira*, é homem de muitos barcos e mosquetes a seu serviço.

Os grandes braços de De Boiron abarcaram Duclerc e Luisita, fechando o campo. O assunto estava ficando realmente interessante, e os homens já começavam a voltar as lentas cabeças ofuscadas para o ponto em que estavam.

— Já que sabemos quanto valem os nossos inimigos, aproveitaríamos a informação para tomar logo a Fortaleza da Pólvora, aqui junto — soprou De Boiron.

Luisita confabulava agilmente:

— Os estudantes, uns soldadinhos a cavalo e a gentalha de rua com seus caldeirões!

Duclerc passou a mão pelo rosto queimado.

— Eles ainda estão esperando a volta do capitão de cavalaria! Temos, portanto, algum tempo.

De Boiron zumbiu baixo:

— Então, nosso general vai esperar aqui o grosso das tropas inimigas, com alguns canhões enferrujados, duas centenas de soldados e tendo como companhia prisioneiros tão corajosos quanto os oficiais que encontramos? Valendo-se de tudo isso, com algumas damas que fechamos lá em cima?

Mas, pequeno e seco, Duclerc abarcado estava ali e fugia. Era um ser obstinado. Tirou do ombro a garra pesada de De Boiron e sorriu tranquilo.

— Vamos, neste caso, inverter a ordem: a segunda em importância, isto é, a dona deste depósito, terá a primazia.

— De quê? De ser a grande heroína? — zumbiu De Boiron e acrescentou: — Estas mulherinhas *de rien de tout* [de nada]... É preciso ser louco para ter ilusões a respeito.

Então, os três ouviram uma pequena altercação junto da escada. Dona Inês tentava passar e era impedida por dois soldados. Duclerc não compreendia bem o que se passava. Mas a um sinal de Luisita, que levantou para ele o dedo para significar que *aquela era a primeira*, mandou que tivesse livre a passagem. Ela veio pálida, o vasto manto atado à cabeça, cobrindo-se em decoro no encontro com o inimigo:

— Eu me coloco à vossa disposição.

Duclerc trocou rápidas palavras com Luisita, e esta, já sem nenhum pejo, ostentou a aliança:

— Vosmecê está de acordo com a trégua até as seis horas da manhã?

— Dizei ao senhor general que estou perfeitamente de acordo.

Ao saber da resposta da dama principal, Duclerc sorriu amplamente e, ele próprio, já tendo em gratidão conhecido caminho, foi à pipa do melhor vinho de São Sebastião do Rio de Janeiro, trazendo de lá dois grandes copos de cobre. O cabo maior dos franceses, Duclerc, sarcástico, nervoso, repentinamente feliz, brindou dona Inês, e ela discretamente moveu a cabeça, levando o copo aos lábios.

O brinde entre inimigos era, porém, língua que todos entendiam. Os soldados galhofaram, abriram a boca; alguns coçaram a cabeça de fios desgrenhados e sujos, apreciando a cena. De Boiron se distanciava, voltava as costas para aquela pantomima que julgava nauseante. Luisita aproou, face contra face, para dona Inês:

— E vosmecê mesma pedirá a trégua?

A voz igual e serena de dona Inês cantava uma toada monocórdica:

— É claro que pedirei a trégua, ainda que não veja motivo para que seja pedida *agora*. Devem estar esperando a volta do capitão Da Silva... — Fez uma pausa, encarou Duclerc, tomando mais um gole de vinho. — Do capitão Da Silva e de todas nós... Reunir tantas mulheres e decidir com os franceses, isso toma tempo!

Lá fora, de súbito, estalou um grande alarido, que se foi ampliando. Que se passava? Antes que um vigia desse conta, a capitã gritava de cima da escada:

— Senhora dona Inês! Senhora dona Inês!

Mal se podia ouvir o que ela queria dizer com o vozerio e o ruído surdo que seria de passos, de arrastar de canhões.

Dona Inês deixou cair o braço, e mancha de vinho se fez no chão. De Boiron abriu caminho para atalhar a capitã.

— Senhora dona Inês — ela gritava e chorava —, o governador em *pessoa*, compreendeis todos vós?, e vosso marido estão chegando à praça com as tropas!

— *Le gouverneur* — compreendeu Duclerc. *On verra, ma belle* [Veremos, minha bela], se estás de acordo... Se realmente estás de acordo com teu general.

Enquanto dois soldados mantinham a capitã, Duclerc fez um sinal para que o negro abrisse a porta. Todos arredaram passagem quando Duclerc, avançando com dona Inês, a levou para fora, para o ar, como seu escudo em combate.

Mas a dama lhe disse qualquer coisa que ele foi capaz de entender. Ela tomou distância e bem se adiantou alguns passos, saindo para a nudez da tarde. Atrás, Duclerc e, mais longe, De Boiron, cuja máscara era mais de enfado que de outro sentimento. Antes de sair para a luz, dona Inês fitou Luisita. Agora, ela estava diante de um paredão arrepiado de rostos e de armas que além da rua, por toda parte, se defrontava com ela, como que a estranhando, a intimidando.

Haviam-na empurrado, e o vento do mar tangia o manto enrolado. Que rua era aquela, tão diferente! Por onde abarcasse a vista, era a tenção da guerra para o trapiche. Postada perto, a cavalaria cerrava uma bandeira tumultuosa e estridente de estudantes. Tudo era um alento só.

A voz de dona Inês se despedaçava no passar da brisa da tardinha. A luz de través lhe vinha ao rosto.

Depois da rua, além da cavalaria, multidão compacta de cores, rostos, armas brilhantes aguardava, e em frente, Deus do céu, estavam os irmãos Castro Morais. Ela reconhecia o marido e o cunhado porque em torno se havia formado uma cortina de gala de gente principal. Sabia que ambos estavam ali defronte do trapiche. A capitã tinha razão!

Fero combate havia acontecido; as pessoas já não eram as mesmas. Pedaços de casa dilaceravam a fisionomia da paisagem, e convergia de todos os pontos mais altos a mira das fortificações improvisadas dominando o trapiche. No entanto ela ali estava, representando, por descuidosa que fora em conversa, ao mencionar a ausência real do governador, uma sorte de penitente alevantada. Pediu a trégua. Lançou a voz e se viu clamando em puro sonho, a fala se espatifando de encontro às armas, esbarrando na dureza dos gumes. Era como se a cidade mudasse de rosto, se fizesse megera. Nada, não houve resposta. Tudo lhe pareceu tão estranho que dona Inês, por ela própria, gritou ainda mais alto, pedindo a espera até as seis da manhã, *para que ela e suas companheiras pudessem sair com vida do trapiche.*

Enquanto falava, percebeu que aquela floresta de armas diferentes se acercava mais e mais em silêncio e que, em torno daquela gente no meio da qual, necessariamente, estariam seu marido e seu cunhado, um movimento descansado se fazia. Arrastavam-se peças, tudo sombriamente, sem estardalhaço. Dona Inês tinha a impressão de que via a cidade inteira e que sozinha se ajustava com ela; mas era inimigo o silêncio e desconhecida a palavra de volta.

Sentiu-se puxada violentamente para o escuro do armazém. O negro fechou a porta. Estava trêmulo, da cabeça aos pés. Todos os franceses falavam alto, e como que os soldados lhe testemunhavam desconhecidas atenções:

— *Je vous conduis, madame* [Eu a conduzo, senhora].

Duclerc a levou para a escada, por onde dona Inês subiu ombro a ombro com a capitã. Foi recebida pelas mulheres numa animação infantil. Ela se dirigiu à dona do trapiche:

— Vosmecê queria ir em meu lugar... Parece que eles assim queriam, estava decidido. Perdão se tomei a dianteira...

Sua ironia era doce, mas a dona da casa não a compreendeu:

— O papel de nossa protetora foi seu, dona Inês... Por mim, acho que não teria tamanha coragem.

Dolentemente, através das frinchas dos fardos, a capitã aspirava tiras de vento que se rasgavam de encontro a seu queixo empinado e forte.

— O vento da noite pode trazer a frota dos franceses!

A menina Daniela afagou com aquela mãozinha órfã que tocara na joia de irmã Maria Teresa, a brilhar um segundo e a sumir em seguida na do oficial francês, o manto de dona Inês.

— Que viu a senhora dona por nós todas?

— Quando olhei lá para a praça, era como se estivesse em outra terra. Combate forte houve! Que silêncio... A princípio, achei que eles não me haviam reconhecido.

— E por que não se descobriu a senhora dona Inês? — Daniela levava a mão à boca; sabia que havia dito coisa errada.

Chocavam-se contra a senhora esperanças e temores; era ela o luzeiro daquela ilhota perdida.

— Ainda era claro. Eu falava, mas era como se ninguém me visse ou ouvisse.

As outras se estatelavam perplexas, e Daniela voltava a falar:

— Acho que, se fosse eu, ainda assim teria dado uma boa corrida. Perdoem-me as senhoras donas... mas eu corria para a outra banda, e ninguém me apanhava.

— Que será de nós? Que será de nós?

Afligiam-se todas. Tudo iria pelos ares. Se à voz da própria dona Inês acudira o silêncio, todas estavam perdidas!

Mas, depois de tantos momentos custosos a passar, através das paredes mal fechadas, o clamor da cidade reboou de novo. Veio a quietude, e logo uma voz subiu bem espaçada:

— Em nome de El-Rei, dom Gregório de Castro Morais vai responder ao general dos franceses!

Luisita, com o soldado, veio à base da escada. Seria para proibir a descida no momento em que o mestre de campo entrava no trapiche? Não era. Vinham buscar dona Inês.

Pela pretura da escada de escorregos, sujeiras e velhos mantimentos guardados pelos desvãos, dona Inês voltou à terra onde um vago ar de aprumo habitava nos homens, todos perfilados, as barras de suas casacas puxadas, compostos, num instante, como podiam. Dom Gregório já estava ali. Viu-lhe Inês a pálida e amada face, os negros cabelos livres do chapéu, a barba azulada escurecendo a camisa — e ela não pudera deixar de notar que pusera a melhor, a das festas, tratada a gomas e rendas. Isso a levou a um tempo em que tomava da mucama o prazer de engomar aquelas roupas que ele mostrava como vaidade de ambos. Viu-lhe a véstia de botões de ouro, o precioso talim das procissões, quando não a queria junto, por força da modéstia que lhe pregava. O facho de luz, posto para aclarar a entrada do mestre de campo, ressaltava a tremida face de dom Gregório. Ele se obrigava, parece, a dizer alto as palavras. Fechava os olhos. Não fitava ninguém. Acaso temia ver sua dona? Deveria despachar depressa as ordens do governador:

— Nosso governador faz saber, em nome de El-Rei, que mais de mil e quinhentos soldados se encontram nesta praça e que este trapiche está ao alcance de todas as fortalezas da cidade. Ele atacará sem pena este armazém se não houver rendição imediata!

Duclerc, vendo que dom Gregório, obstinado, dizia as suas sem querer ver e ouvir, fez uma leve pressão em dona Inês para que marido e mulher se encontrassem mais juntos:

— *Voilà! Elle est bien vivante!* [Eis aí! Ela está bem viva!]

Luisita encrespou-se, preocupada:

— Mas por que todas nós devemos ser sacrificadas?

— Esta é a última ordem do governador — disse dom Gregório, desviando-se da face da mulher. — Vossa decisão deve ser imediata.

Entre ambos, marido e mulher, sempre existira um mundo difícil e misterioso de penosos momentos a vencer, de gente entremeada, de coisas ditas que dividiam. Mas Inês, ainda que ele não a quisesse fitar, sem descair de senhoria, tomou-o pela mão e o rodeou de si mesma, caçando-lhe a negada atenção.

— Apaga teu rancor. Elas não têm culpa!

Só ele deve ter ouvido a conclusão, porque terminou muito baixinho:

— Nem eu...

De Boiron considerava, juntamente com Duclerc, o pobre efeito desse encontro do irmão do governador e mestre de campo com a esposa:

— As mulheres não contam nesta guerra! Eu te dizia sempre!

Luisita estaria acovardada? Ela acrescentava palavras às que deveria despachar para o mestre de campo. Colou-se à frente de dona Inês:

— Monsieur Duclerc disse que espera até as seis horas da manhã.

Rápida, percebera que não houvera barganha. Dona Inês... O preço de dona Inês era *nada*. Ativa, tentou influir:

— Sabei, senhor mestre de campo. Aqui não há ameaça para tão grandes forças como as vossas! Nossas vidas e estes poucos franceses que restam...

Dom Gregório aguardava com a força que possui o homem que fecha os olhos quando nenhum outro os cerraria. E dona Inês, depois de Luisita, tentou persuadi-lo com tocante doçura:

— Pelos teus sonhos, maus sonhos, deverão pagar todas estas mulheres?

Capítulo 9

O vento traz as notícias

Qualquer pausa, até mesmo no diálogo com o inimigo, poderia significar a irrupção salvadora de sua frota. Duclerc sabia que o tempo contava a seu favor. Quando dona Inês, dorida, tentava persuadir o marido de que pelo menos olhasse seu rosto, visse seus olhos carregados de uma triste história de desencontros, Duclerc observava, no alto, o facho de luz: estava a ponto de extinguir-se com o desatado vento do mar que atravessava a vigia. Trocou uma esperança por outra. Sua resposta foi *não*. Afastou dona Inês do marido. "Iriam até o ponto de matar as mulheres, esses imbecis?", ele não acreditava. Os portugueses eram fanfarrões, como se sabia, mas ciosos de suas fêmeas. Até que se resolvessem a um ataque direto ao trapiche, as naus estariam ali, cobrindo de fogo a cidade já desgastada de forças. Dona Inês viu a cabeça brilhante e azulada do Seu deslizar por entre a fila de rostos hirsutos. Afundou-lhe o coração quando a porta bateu e, em lugar do negro, um soldado montou guarda. Teve a certeza, naquele instante, de que jamais lhe seria dada a oportunidade para destrançar os infames enredos da cidade de línguas tão malignas. Ela silenciaria ali, debaixo das pedras do trapiche, e entre eles, marido e mulher, não chegaria nunca a palavra de paz e de verdade. Teve vontade de gritar, mas era mui senhora, a senhora dona Inês. As lágrimas apenas tombaram, e se dispôs a voltar para junto das companheiras. Que recado, porém, lhe mandava aquela porta fechada, de grossas tábuas desiguais, que a fixava em seu lugar como uma borboleta posta a secar e morrer? Esperava que ele voltasse? Não. Seu coração batia cada vez mais desordenado. Daquela porta escura, a fascinação persistia. Saberia por que, enfim, os homens tartamudearam coisas, num sussurro que rolou entre as cabeças, e, afinal, depois de ter ouvido o baque da madeira que se reabria, achou o que buscava através dela. O negro chegava vestindo sobre os farrapos a casaca de gala enodoada do sangue de Gregório. O preto ria para si mesmo e para os outros, um riso que se espalhou no incêndio de nervos exaustos e na secura dos homens. Era para isso que Inês ficara — para saber que seu coração lhe dera recado certo. Não teria sido, contudo, por sua falta — a dela — que o entendimento jamais se fizera entre os esposos.

De Boiron dizia qualquer coisa a Duclerc que ela não percebia.

Dona Inês caminhou ao encontro das outras mulheres. Estava transida e levava a morte aconchegada — aquilo que é palavra para jamais deslindar.

— Estou esperando a ação confiada a Valère — disse Duclerc a De Boiron.

Se algumas companheiras pudessem, atacariam abertamente dona Inês. Pagavam em desdita o preço de sua honra, deveriam pensar. Beleguina murmurou entre dentes alguma praga que a filha não entendeu. As damas fidalgas não valiam as prendas que levavam nem o preço de suas liteiras, quanto mais o custo de um escravo pajem. "Em tempo de guerra o melhor é o poviléu." Mas, se Beleguina compreendeu bem depressa o total abandono em que estavam — à força dividindo a sorte com os invasores e merecendo a morte, portanto —, talvez numa e noutra a reflexão não se encadeasse bem clara. O mestre de campo havia saído do trapiche. Tudo estava silencioso novamente, e o tempo ia correndo.

Luisita não pôde deixar, porém, de ofender dona Inês. Voltando, proclamou:

— Vosmecês estão sabendo agora. Não sou eu a *infiel.* — E, nervosa ela própria, mas consciente do perigo: — Eu só quis ajudar; mas o caroço, aqui dentro, estava podre.

Mandava palavras, como unha em carne viva. Dona Inês estava inatingida. Sentavam-se as duas de costas, uma para a outra, ela e a capitã, cada qual com um rumo doloroso de pensamentos. A capitã via e revia o seu São Jorge, como chamara àquele que muito amara. As espáduas de dona Inês conheciam o tremor das costas da capitã, mas bem se sabia escolhida para ter um castigo. Seu esposo também a amara, não tinha dúvida; entretanto a ignorava em sua verdade até o fim. Ele se vingara dela quando cerrara os olhos, e, agora que tudo acabara para ele, o irmão porfiaria em servir ao rei e à honra da família, conquanto para os fidalgos mostrasse cara penosa:

— *Minha própria cunhada não impedirá o dever...*

O que Luisita dizia não lhe importava. Não perdera seu marido por esses falatórios?

Um soldado apareceu, ordenando que se pusessem ao chão. Houve relutância. "Aquilo era quase idiota", não pôde deixar de pensar a capitã. Mas ele obrigou-as, a todas, a se deitarem e, mais uma vez, inspecionou e ajeitou a pequena muralha da janela. Estiveram assim, alongadas, alguns minutos. Por sobre a cabeça de cada uma, o vento do anoitecer bafejava entre frestas. E então tudo tremeu. As peças mais altas deslizaram, as paredes dançaram, o cheiro de pó irrompeu, asfixiante; gritos sem conta se fizeram ouvir. Uma das mucamas tivera o braço profundamente alanceado por risca de madeira. Levantou-se e se rojou aos pés de sua senhora.

— Minha dona, me mate, eu não quero ver meu sangue! Me mate, sinhá! Sangue! Sangue, não posso ver!

Do braço escorria um pequeno caudal. Dona Inês acudiu. Rasgou parte do manto e envolveu presto o braço da mucama. Puxou-a para si e disse:

— Deite-se a meu lado. Aqui não há perigo... Só se o teto cair, e ele é bem forte.

Fazia-lhe bem tomar conta de outra pessoa. De não ser a última e apontada como funesta. A mucama gemia:

— Deve ter sido a casa de sinhá! A casa de sinhá fica ali junto.

Alguém principiou a sentir cheiro de lenha queimada. O vento trazia todas as notícias. Agora, novamente, o mesmo abalo. Tudo tremendo como no fim do mundo. As paredes sacudidas de cima a baixo, os fardos desmontados. Gritos agudos, vociferações, lamentos.

— Agora — disse dona Inês à mucama — deve ter sido a Casa do Governo... isto é, o palácio, como vosmecês chamam.

A capitã, ali rente, observou:

— Mas não são tiros. Não é a guerra que está fazendo saltar isto tudo!

— Os invasores — disse dona Inês. — Dois ou três homens e um tanto de pólvora... Havia bastante aqui.

Lá embaixo, Duclerc festejou o acontecido. Não sabia ainda de Valère, mas o bruxo da expedição dera conta do recado.

*

Era a primeira grande vitória do inimigo. Misteriosas explosões haviam mandado aos ares uma cauda do palácio. Escravos e estudantes morreram quando desentulhavam armas de velhos depósitos não revolvidos havia tempo, e, perto da Alfândega, uma rica e boa casa do senhor Gaspar Soares também se fora para o alto, rebentada pelo meio. Os que se abrigavam do lado do ancoradouro julgavam ser aquilo o fim de tudo. Mulheres se atiraram por uma fenda de parede. Uma delas veio ao cais, outras vogaram folhudas de roupa: nelas se envolveram e se perderam. Entre estas houve, contudo, as que foram salvas por negros escravos, que desbravavam o mar de seus feridos. Alguns haviam sido atingidos quando arrastavam um canhão para diante do trapiche, mas assim mesmo, ouvindo os gritos que partiam do mar, tentaram dar salvação às donas que ali clamavam.

Sim, o que Duclerc pedira, o desmantelo, as vãs conjecturas nas forças que sitiavam o trapiche, ele obtivera com duas explosões.

— Garanto, meu velho — disse. — A coisa foi tão bem-feita que jamais saberão quem a fez. Porão a culpa nos próprios soldados.

De Boiron estava sério; dava a seu companheiro d'armas o crédito que merecia.

— Valère já se apresentou? — perguntou.

— Estará escondido por aí. — E prosseguiu: — É um velho que tem mais sangue do que todas as jovens flores do rei.

Duclerc estava colhendo o futuro naquele momento propício.

— Fiz uma breve contagem, meu velho. É inacreditável, mas temos neste trapiche — e seus olhos vararam a pele de De Boiron — *mais de quinhentos homens*! Duzentos só aqui, mas, do lado de lá, há muita gente boa pendurada, guardada e pronta para levar à França o ouro desta cidade. Enganaste-te a respeito de nossas possibilidades — prosseguiu. — Imagina uma ação combinada com as tropas postas naquele outeiro a imprensar o inimigo que, se antes estava longe demais, agora está todo reunido aqui.

— Vossa animação vem de motivos bem estranhos... Eu diria que falais como a ratazana-chefe de todas as maltas de roedores. Sair do buraco *com vida*, eis a questão. Não esqueçais.

*

"Dizem que estudantes bêbados andaram a acender pavios junto à pólvora..."

Os moços souberam das palavras de dom Francisco. Agora, refeita a linha de ataque ao trapiche, a voz de um, dentre o grupo, saudou o governador com o berro já popular: *Muuu!*

Desde que o povo recebera, praticamente só, o invasor, não se soube como, bem se começou a mugir engraçado, mencionado que fosse o nome de dom Francisco de Morais. A cidade misturava seu riso áspero ao sangue e às lágrimas.

— *Dom Francisco se avacalhou! Muuu!*

Daquele dia em diante, ele seria chamado de O Vaca, e uns ainda poriam no apelido certa ternura agridoce: "A vaca está toda suada e brava...".

Transpirava o governador por todos os poros. Estava petrificado diante da desabusada violência dos franceses. Depois da morte de seu capitão de cavalaria, viria a de seu mestre de campo, o irmão Gregório, que já governara a cidade. Seu cadáver fora atirado à rua diante de todos, como sentença terrível. Levavam bem alto o desplante. Significaria que estavam fortes?

Descomposto, chamuscado de pólvora, ardendo em incerteza, pois que o destino lhe fora injusto, tragando-lhe a famosa batalha campal que não houvera em sua trincheira magnificente, ele surgia da onda de povo impossível de conter; gente curiosa da cidade: pretos, brancos e mulatos que pareciam brotar do chão, apaixonados e inquietos, intrometendo-se no meio da pretensa organização militar do governador. Atrás da trincheira dos estudantes, inquietava-se ele por alguma arremetida imprevista. Estava premido pelos curiosos, forçado pelo capitão dos estudantes, Bento do Amaral:

— Não convém chegar a noite estando tão fortes os franceses...

Surgiu, contudo, varando a espessa companhia, a figura chorosa, desmanchada e rotunda do senhor Gaspar Soares:

— Mas as mulheres? E as mulheres? Senhor governador, senhor governador, eu mesmo pus a minha no trapiche; porque, de acordo com vossas palavras, não poderia haver lugar mais seguro!

Bento do Amaral, os cabelos desgrenhados, um jeito meio aventuroso, despida a farda e vestido o gibão de couro, trazido de suas feras andanças nas Minas Gerais, sabia que por muito pouca coisa a partida seria perdida:

— Não deixareis, senhor governador, que por algumas mulheres se perca o brio desta cidade! Bastam alguns barcos, e — ele se fez sacrílego — não haverá Santos Generais que nos protejam.

Mas o senhor Gaspar Soares tinha o direito de falar bem alto ao governador dom Francisco de Castro Morais:

— Quantos escravos meus pus a serviço d'El-Rei no dia de hoje? Levaram-me uma casa inteira pelos ares depois de meus préstimos. E agora a minha pobre mulher, posta com estas mãos no sítio mais protegido da cidade... Senhor governador, senhor governador, senhor governador. E vossa cunhada, que será dela?

Na pressão furiosa do momento, dom Francisco fechou os olhos. Era um hábito entre os irmãos Castro Morais, que se fechavam, ao cerrar a vista, de cima a baixo, mas Bento do Amaral lhe veio à face:

— Com vossa permissão, senhor governador, vou chamar os bugios da França para espiar nos galhos. Eles terão de aparecer...

Carregado de aflição andava o povo; os que se imiscuíam onde não eram chamados também participavam da cena. Alguém, que por ali não foi visto, deu um mugido discreto. Isso espicaçou, decisivamente, o brio militar de Francisco de Castro Morais. Pomposo, declarou:

— Estou de acordo com Bento do Amaral. Não convém caia a noite sem que se resolva esta guerra. *A ordem é fogo contra o invasor.*

E o fogo veio. Uma chuva candente que se abatia das casas da rua Direita, do alto do São Bento, das janelas da casa do governador, da Ilha das Cobras e de todas as fortalezas da cidade. A mira era o trapiche.

*

Foram puxadas as mulheres de seu piso. Fizeram-nas descer, e, de cada janela ou buraco do velho armazém que resistia sempre, o fogo também partiu cerrado. No lado, oficiais chefiados por De Boiron sustinham a mosquetaria delirante.

De Boiron estava cercado por jovens que haviam feito do corso ao Rio o melhor de sua vida. Moços afrontados pela morte, sem a noção do que lhes sucedia. Ajudavam-se uns aos outros como podiam. Havia dois pequenos irmãos gordinhos que gritavam à mesma voz, mal acertassem o alvo. Eram as suas mãos jovens, delicadas e finas; prepararam as armas e depois as deixaram escorregar e cair, varados os corpos por aquela furiosa carga mandada por Bento do Amaral e seus estudantes. Os dois irmãos franceses silenciaram seus mosquetes ao mesmo tempo. Mas a voz de um deles ecoou alguns instantes a mais que a do outro: chamou por um nome de mulher. A mãe, a aia, uma velha tia? De Boiron não teve tempo de prantear os gêmeos da expedição. Ferozmente, lutava com alguns mais. Estava disposto a preparar uma sortida para si mesmo e um punhado da gente melhor, mais experiente e mais velha a irromper atrás da Igreja da Cruz, onde inda havia boa defesa dos seus...

*

Haviam feito baixar as mulheres. Encurralavam-se todas no centro daquele armazém, gigante de pedra resistindo à arremetida de anões. Mas o todo estremecia; os homens empurravam-nas uma volta e outra. Surgira até gente capaz de rasgar a saia de Beleguina para atar um pé doente. A pólvora descia, com detritos e poeira, do teto e enegrecia tudo e todos. Lá fora, a grita vinha em português, em africano, às vezes até numa invocação de algum índio dos jesuítas. E as mulheres acompanhavam claro o avanço da guerra.

Empilhavam-se os feridos, trazidos por companheiros. Alguns morriam, deitando-lhes olhares de ódio e palavras más que não compreendiam. Elas corporificavam o engano e o renegar do erro.

Veio a ordem de um oficial para que fossem colocadas junto à porta. Bem poderia ser que eles desejassem escancará-la, mostrando as mulheres, desafiando os inimigos:

— *Pois aí estão as vossas mulheres. Matai as vossas mulheres!... que nós ainda temos essas vidas antes das nossas.*

Mandadas para junto do portão, olhavam a madeira tão espessa e potente no estremecer da saraivada de pelouros. Quando foi suspensa aquela arremetida, Daniela deu um grito. Era o negro, guardião da porta, que, meio enlouquecido, principiava um canto lúgubre, o mesmo que lhe fizera os pavores quando, no convento, ouvira a canção do cego:

Que morra toda a canalha
Que o demônio enterre a gente
Não há na terra quem valha
O que cuspo de meu dente.

Daniela deu dois passos para junto dele. Forçou-se a isso, pois tinha mais medo da cantiga que da própria morte:

— Com tanta desgraça junta, ainda cantas este mau agouro?

O negro, alumiado pelo facho de luz, se alheava da guerra para repastar-se em admiração por seu rico paletó, no seu entender o mais belo da Terra, que cobrira de luxo o finado mestre de campo. Depois de seu exame, encarou a moça, desafiando-a:

— "Não há na terra quem valha/ o que cuspo de meu dente!"...

Ela agarrou-se à mãe, e ele levantou a mão por sobre as mulheres:

— Vosmecês carecem de ficar bem quietinhas. *Mociu* não gosta de desobediência.

Luisita mudara subitamente: precavida, interveio, enquanto o negro, após a ameaça, voltava a alisar os galões:

— Teu senhor, Bento do Amaral, poderá te perdoar se tiveres juízo bastante.

Com ímpeto, chegou junto ao portal. Talvez aquele fosse o único momento em que pudessem fugir. Era preciso aproveitá-lo.

— Negro vai para longe e não volta mais em porão de navio... tudo cheio de bicho — respondeu-lhe.

Luisita não queria saber se deveria ou não prestar contas lá fora. Queria ganhar aquela única oportunidade. Impetuosa, falou:

— Morrerás como todas nós. O trapiche já não resiste. Está todo rebentado, e pólvora não há. Está acabando.

— Sinhazinha pode ser da raça de *Mociu*, mas também tem de obedecer, ficar longe desta porta...

A capitã saltou do povinho enrodilhado e temeroso. Tinia seu urro triunfante:

— *A degola!* Começou agora o toque de degola! Ouçam! — E fazia o sinal da cabeça cortada. — Assim será contigo, escravo!

— O senhor Bento do Amaral não perdoa ninguém — disse o negro. — Todo mundo sabe disso... mas negro não acaba sozinho. "Que morra toda a canalha."

Luisita sabia que para o negro ela se revestia, ainda, do prestígio de falar francês e de ter sido ajudante de *Mociu*:

— Percebes o que te quero dizer? O governador saberá vingar o irmão! Enquanto estão a degolar franceses por aí, os tiros acalmam. Poderemos sair...

Então uma trave se deslocou com estrondo, vinda da parede do embarcadouro. Ao rolar pelo chão, alcançou Beleguina numa perna. Ela gritou de dor, e a filha com ela se abraçava e dizia:

— Nhora mãe está viva! Está viva! Louvado seja Deus.

A dona do trapiche elevava a voz:

— Prometo que te comprarei a alforria se nos ajudares *agora*. Outra vez não teremos nós.

— Sinhá, não chega perto, que negro já não é mais de ninguém.

Luisita insistiu:

— Não vês que só temos esta ocasião... que ela se vai perder?

A capitã lançou, irada, as palavras à dona do trapiche:

— Eu não falaria com traidores.

A menina Luisita estava diante da morte e se punha pequenina, portanto. Voltava bem mansinha:

— Ajudei a todas.

A capitã a repelia, com cuspo que escorria da boca torcida:

— Ficarás aqui com quem traíste; debaixo das pedras e dos paus desta casa!

Então o negro elevou a fala grossa e atemorizante:

— É melhor que todo mundo fique quietinho, como *Mociu* quer.

Dona Inês aliviou as meias de Beleguina. Ela a mirou, porém, com ódio fervente, enquanto a dama dizia:

— Ficarás bem. Não está partida. Virão inchaços e dores, mas estarás esperta ao cabo de alguns dias.

Beleguina principiou a beijar seus bentinhos e a dizer misteriosas orações, enquanto Daniela se afundava em choro; caía num choro só, junto da mãe.

Súbito, tomando enfim, parece, conta de si mesma, dona Inês correu até a vigia.

— Não há sequer a luz de uma embarcação — disse depois, baixinho, para a capitã. E o negro passou-lhe aviso:

— A sinhá deve ficar em seu lugar!

Então os estrondos recomeçaram depois do toque de degolar.

Além, haviam morrido franceses, pelas embocaduras das ruas, escondidos nos desvãos das igrejas. A cidade havia tido a sua porção de sangue, e bem se havia pagado do insulto, agarrando com fúria aqueles desperdiçados atacantes que se desmandaram atônitos pelas ruas, desprotegidos de comando. Um esquecido toque de degola se fizera ouvir, e todos o entenderam. Tambores soavam, as facas corriam pela carne viva e branca dos franceses, cortavam-se goelas e imprecações a meio.

Mas agora o feroz ataque ao trapiche voltava. Lá de cima, desciam mais feridos. O ar estava prenhe de gritos, pragas, alucinações. Um homem morria dizendo adeus, outro acabava numa praga. Invocavam Jesus e maldiziam Duclerc. Depois tudo ficou escuro, o facho apagou-se sob a aluvião de poeira. A ogiva começou a assoberbar sua pouca luz das águas brilhantes, e, em meio aos clamores e às rezas, as mulheres reconheceram a fala incompreendida de De Boiron ali junto. Ele dizia ao chefe:

— Tudo isso poderia ser evitado, eu te aconselhei! Não há uma só pessoa à beira-mar. Os prisioneiros fugiram!

Dona Inês viu no soldado, no combatente ferido que tropeçava e estava a ponto de cair junto dela, o próprio Jean-François Duclerc. Agora, habituada à claridade pouca, via que estava bastante ferido. A mão direita e o queixo apareciam riscados de farto sangue escuro. Pasmadas, as mulheres viram dona Inês voltar-se para aquele ferido que só a capitã identificou no momento. Rasgava parte de sua blusa, fechava-lhe a ferida da barba. Dizia, sabendo que ele não a podia compreender:

— No cais, vi alguns estudantes puxarem o corpo dos franceses... um tenente e um soldado, nossos companheiros, estavam com eles.

E agora Luisita o acabrunhava com mais peçonha que o próprio De Boiron:

— E por que *nós*, *nós* devemos morrer?

— *Ma petite Louise* — disse De Boiron —, não deves esperar o milagre. O vento soprou, mas morreu também.

E a senhora dona Inês, mui fidalga sempre, embora tocasse em feridas do inimigo, disse quase com carinho quando tomava a mão franzina de Duclerc e a fechava num pedaço rasgado:

— *Vosmecê só tem a vida.*

— *La vie! Je te comprends!* [A vida! Eu te compreendo!]

Era o corajoso Jean-François Duclerc, agora apenas um homem entregue às mãos de uma mulher. Voltou-lhe a face escura, humilhado:

— *La vie!*

E eis que já não atroavam canhões nem mosquetes. Sem que se soubesse bem por quê, os sinos da cidade desataram a cantar numa alegria doida. Cantavam todos a uma voz.

Quando emudeceram, uma voz mui lastimosa, a do dono do trapiche, se pôs a invocar. Perdera-se, na circunstância, a pompa do arauto, que gritou:

— Rendam-se em nome de El-Rei que terão a vida poupada!

E logo outra, que se soube ser a de Bento do Amaral. Esta era de provocar e arrepiar:

— Aqui está junta toda a pólvora da cidade! Vinde ver, galos da França. Depois de torcidos os pescoços... não ouvistes a degola?... o trapiche vai aos ares. Vinde ver as barricas de pólvora que aqui temos.

Os franceses entendiam, pelo tom, o desafio. Mas Duclerc se negava à rendição.

A estridente voz do capitão dos estudantes sucedeu à dos campanários da cidade. Vinham, voavam badaladas, que faziam tremer as sofridas paredes, com seu peso sonoro, num canto triunfal.

Capítulo 10

A anágua da paz

Os sinos chamavam grosso, os sinos respondiam fino. Era um canto desordenado e alvissareiro que se apressava mais e mais. Ria pesado um bronze e ripostava outro. O governador e seus oficiais ficaram perturbados, atordoados e, mais uma vez, discordes com aquela festa sonora, feita antes de que se soubesse houvera terminado a batalha do trapiche. Um mistério daquele dia que se encompridava tanto! Um dia como a cidadezinha jamais vivera outro igual. Fora Francisco de Castro Morais um pouco mais esperto e descobriria logo o segredo: os *estudantes*. A primeira voz, do primeiro sino, rompeu no Colégio dos Jesuítas. Ali se agarrava furiosamente às cordas, saltando, fazendo reboar as badaladas, o estudante que já conhecemos no armazém. Assemelhava-se, tonto de ruídos, a um pássaro brincalhão em seu ofício:

— Vamos puxar os sinos para ver o que acontece. — E ele conclamou os companheiros para essa missão vadia, sem a autoridade de Bento do Amaral. Sinos da vitória? Quem concordaria com eles? Só os moços poderiam ter a inspiração de tão santa loucura. E se deu que os franceses, postos em segurança lá no Desterro, cuidaram ouvir, naquela altíssima sonoridade, escrita a própria vitória do chefe Duclerc. Um engano bem de se esperar. Não estavam vazias aquelas igrejas e ermidas? Desceram cândidos, risos desvairados, que findaram depressa na agonia e na morte, enquanto os sinos apregoavam vitória não havida, mas preparada.

Só os estudantes poderiam ter tido aquela ideia para salvar as mulheres. É dos moços mentir e enganar sem nobreza ou com virtude.

A presença das vozes dos sinos veio com as ave-marias. Ave-marias para uma cidadezinha pia que vivera horas furiosas. Em lugar de doze mil habitantes, dezenas de sinos falavam da certeza da vitória, quando Duclerc ainda não aceitara a rendição.

*

O diálogo dos sinos exacerbou até a ira perdida o ânimo de De Boiron. A mentira nele se implantara com convicção. Os sinos estavam contando as vitórias por sobre os soldados franceses. Não existiriam mais forças à espera. O ardil dos moços, sabidos nas manhas da cidade pela segunda vez, sobrepujara a pouquidade do engenho do governador.

As mulheres compreenderam; o milagre já não crido acontecera, porque aqueles homens principiaram a disputar e duvidar.

— Sabeis do que precisais? *Disto!*

E a capitã rasgou metade de sua anágua, acenando com ela, desafiadora.

Um tenente que estava próximo apanhou a oferenda humilhante. Ele sofrerá corajosamente a extenuante carga, lá no alto:

— *Merci, ma belle.* [Obrigado, minha bela.]

Um soldado mais idoso quis pelejar com ele; foi-lhe ao pescoço, tremente de ódio, mas o jovem, desvencilhado, correu e falou a De Boiron de igual para igual:

— Garantiram-nos a vida, não era isso que queriam dizer? — perguntou com dificuldade depois da luta com o velho.

De Boiron, no entender do tenente, era o verdadeiro chefe da expedição, e o moço, manchado de negro, olhava desprezível para Jean-François Duclerc. Guindado por dona Inês, agora o cabo maior dos franceses se confinava, obstinado, no escuro, a face contra a parede. De Boiron estrugiu:

— Mas nós exigimos o respeito a todos os nossos, de acordo com as leis de guerra. Tu pedirás a cessação do fogo, e nossa entrega se fará com a honra de soldados.

O tenente, trêmulo, aos arrancões, enfiava a anágua da capitã no cano de seu mosquete:

— *Bem sei que nós não somos piratas.* Não precisais dar-me lição.

Fantasmas antigos do pai e da mãe, mortos na Guadalupe, deveriam pender, penosos e desfigurados, sobre o pequenino homem que se arriscara a uma empreitada tão grande e agora teimava, como menino que não quer ver a face dos mais velhos. De Boiron, ajudado por três companheiros e sob o protesto e a tentativa de lutar de cinco ou seis — entre estes o negro que guardou a porta furioso até o último instante —, por fim escancarou a saída ao tenente. Brandindo a bandeira branca, feita da intimidade da dona de um finado capitão de cavalaria, ele avançava pedindo a paz.

*

A bandeira branca adejava por cima da violência, mas, quando a porta foi aberta, todos se fizeram de pedra. Só ela caminhou, aquela bendita anágua, que conhecera os suores das pernas impacientes da capitã e se refrescava, airosa, pela noitinha. Só ela falou pelo trapiche. Os sinos calaram. O enviado avançou, e as respirações e os olhares iam à esteira da bandeirinha. Poucos ouviram um "ai" abafado. Os escravos de Bento do Amaral caçaram o negro que se desviara, em rasteira corrida, para o lado do armazém. Nem parecia gemido de morte, mas exclamação à toa de vida. E um deles retirou o paletó de Gregório de Castro Morais e veio, humilde e respeitoso, trazer a oferenda a seu senhor.

Momentos houve de emoção, sim. Mas logo estouraram alegrias. Então, ao redor do trapiche, nesse abrir da noite de 19 de setembro de 1710, quem tinha chapéu mandou o seu para o alto. Depois dos sinos, os chapéus falaram por gente alevantada, mas parca de dizeres. De cores diferentes, maiores ou menores, com presilhas fidalgas, de couro, vindos das Minas, de civis ou de militares, o baile dos chapéus saudou a rendição. Tataranetos desses homens contaram como foi que nunca mais, mas nunca mais em toda a vida, e não em toda a vez, se encontraram os chapéus. Cada um levou um outro à casa. Foi a comunhão dessa noite jamais esquecida.

Os invasores assumiram o papel de nobres militares rendidos em peleja. De Boiron, ao lado de Duclerc, o conde de Ruiz e alguns raros oficiais esperaram a saída das mulheres em posição de sentido. Duclerc estava gravemente ferido, o queixo sempre a sangrar; outros gemiam, meio mortos, esperando a prisão como alívio desta pior que fora, por um dia, a do trapiche das fúrias soltas de uma cidade. Quando a porta se abriu, a primeira a sair foi a capitã. De cima do tonel, buscara a bandeira francesa. Ninguém mais lhe tiraria o troféu, nem mesmo o governador e em nome de El-Rei; que aquele fora obtido com o sangue de seu marido bem-amado. Uma aluvião de povo, que rompera a disciplina da rendição, trouxe em seus braços a dona Inês. Mercê de Deus, estava bem viva, aquela por quem cuidava a população, de quem se dizia tanto bem e tanto mal. Não se sabia se avançava em liteira ou pelos braços portadores, que a sustinham para que ela dali pudesse escapar em dignidade. Contra a porta, um olho crescido de dona Inês riscou tão sério e duro sobre Duclerc.

Os Santos Generais nessa guerra, em que se houvera proposto *ou mulheres, ou franceses*, escolheriam mulheres... e a rendição de franceses também. Não houvera a barganha terrível, e a vitória foi, por isso, limpa de lágrimas. Escravos tocando música, berimbaus e engraçadas caixas de couro foram, com seu amo, buscar a dona do trapiche, que se punha em lágrimas pelo prazer de retornar ao céu aberto. Beleguina e Daniela, desfeito o atropelo, saídas todas, foram empurradas por guardas que então, por um movimento da capitã, seguraram Luisita e a puseram no rol dos prisioneiros.

*

Ninguém se lembraria delas, da mãe e da filha. A guerra acabava, e estavam outra vez na solidão povoada de apertos e empurrões.

— Nhora mãe, vou voltar para o Recolhimento do Desterro.

— Cabeça-dura, não sabes que ele acabou?

— Eu quero voltar para lá. Tem de ter alguém, nhora mãe...

— Irás comigo à camarinha que ocupo: haverá lugar para nós duas.

E voltaram aos encontrões. Ninguém se lembrava de que as duas haviam sido testemunhas do trapiche. Logo estouraram grandes fogos; girândolas abriam pelo ar, alumiavam os tetos das casas.

— Nhora mãe, estou com medo.

— Pois é de ter medo mesmo; que estes fogos matam gente, como sempre acontece cá nesta cidade.

Quando chegaram à extremidade do Largo do Carmo, principiou a entrega dos prisioneiros à luz de enormes candeias, e então a população dizia-lhes coisas feias ao nariz, fazia-lhes fosquinhas ou então se ria, porque alguns queriam parecer senhores importantes e imitavam tão falsas senhorias.

Um moço apanhou Daniela pelo ombro.

— Vosmecê estava no trapiche, pois não? Vi quando saíam, mas um mar de povo não me deixou alcançá-las.

Beleguina e Daniela concordaram.

— Tenho um companheiro que está perdido de buscas empós de vosmecês. Fiquem aqui que o trarei depressa.

Houve uma espera um pouco pesada. De longe, diziam-se nomes incompreensíveis, números; os franceses entregavam as armas. Desatavam gargalhadas festeiras e já meio avinhadas, despachando sustos havidos pelo ar da noite. Então o estudante estourou ali perto, risonho, com seu passo de quem desliza. Fez uma saudação:

— A cidade poupou seu Anjo ou — disse, então pôs a mão no queixo — o Anjo poupou a cidade?

— Ai, Jesus, que me mata a danada desta perna. — E Beleguina sentou no chão. — Fazia-me de forte, mas não posso caminhar mais.

Morava sob o teto de uma casa da rua Padre Bento Cardoso, perto do Campo. Ali, houvera combate forte. O senhorio, que abrira casa a ciganos e negros, para beber e folgar, estava, ajudado por escravos, principiando a remover escombros e reparar a lojinha.

— E o teto poderá vir-te à cabeça, mulher! — disse ele, amável, ao recebê-la, e continuou, sempre estúpido: — O que seria justo, pois bem se soube que andaram as duas a encostar-se aos franceses!

— Não posso mais andar, meu senhor. Estes cá me trouxeram quase nos braços. — E apontou para os dois estudantes. — Tenho que arriar aqui mesmo.

Nesse momento, Daniela sentava a uma pedra e principiava a chorar. Ai, que chamado lhe vinha do Recolhimento do Desterro! O estudante valeu às mulheres, oferecendo-lhes lugar — mas que lugar, Deus do céu! Fazia ele, com pena de pato e capricho de escritas floreadas, na boa letra dos estudantes do Colégio dos Jesuítas, os assentamentos dos escravos. Nesse mês, estavam chegando muitos. Havia riqueza e gente a buscar negros, pois os índios eram desdenhados na sua desvalia marota.

Até que fosse reparado o quartinho tão mísero, ele lhes daria asilo, garantido pelo feitor do negócio, seu amigo.

Era muito triste, mas Beleguina não tinha, mais uma vez, escolha e logo foi a volta em meio às novas confusões. Recolhiam-se em carroças corpos bambos de franceses que seriam enterrados além do Campo, pois só seus oficiais iriam para as igrejas. Parava-se um pouco a pensar na morte, mas havia quem só cuidasse na vitória:

— Põe a velha no chão — gritou um bêbado — e festeja a vitória, estudante!

Eles saltavam de todos os cantos, os bêbados dessa noite de São Januário. Nunca se bebeu tanto em São Sebastião do Rio de Janeiro. Quando já estavam cortando a rua Direita, veio-lhes ao encontro um pequenino cortejo, também meio avinhado, que levava seu defunto envolto em panos preciosos e demandava a Igreja do Carmo. Daniela teve a impressão de que já ouvira aquela música:

— Cidade inocente e forte
Não conheces teu poder.

Eram os ajudantes de mestre Januário. Tão pequenino, enrolado em panos de damasco, o corpo de Januário parecia um nada. Beleguina não chegou a dizer coisa alguma, mas o estudante teve uma palavra que lhe foi reza:

— Este morreu por nós. Deus o terá na glória.

Não era bem um quarto, mas divisão de madeira podre. Em todo caso, estavam sozinhas. Havia cheiro de pestilências de mar e presença de reimas de negros em depósito, por terem chegado doentes de longas viagens. Durante toda a noite, gemeu Beleguina e chorou silenciosa Daniela, mas a velha dormia assim gemente, e não a menina. Quando a mãe acordou, viu apenas os sapatos de Daniela, um xale no canto em que se havia recolhido. Havia gritos de homens comandando ordens a negros que assim mesmo, adoentados, haviam sido alugados para os novos serviços da cidade, isto é, reparar e enterrar.

A perna de Beleguina havia inchado tanto que ela não se podia pôr de pé.

— Daniela! — chamou.

Um homem vestido com largo camisolão, peito aberto e peludo, olhos azuis de anjo velho, apareceu:

— A menina se foi, pisa-mansinho, ainda estava escuro!

*

Não aceitou dona Inês a hospedagem de seu cunhado governador. Foi para sua casa e se dispôs a enterrar o marido com energia própria de homem. Estranharam-lhe as mulheres que não se ocultasse no escuro e assim comesse escondida, pois uma viúva não deve ser vista a comer, que isso é coisa grosseira. (Pelo menos durante quarenta dias, comer fingindo que se está em jejum é boa praxe.) Dona Inês acompanhou o enterro do marido à luz das tochas. Era o luto principal da cidade, pois ele a havia governado, também, e sem muitas queixas do povo. As igrejas abriram tantas sepulturas nessa noite, e elas foram tão mal fechadas, por falta de pessoas adestradas no serviço, que por alguns dias nem mesmo o incenso conseguiu encobrir o bafio da mortandade. Enterrado que foi Gregório, com muitos outros defensores da cidade, achou o senhor bispo conveniente dizer algumas palavras e então, enquanto os presentes choravam pouco, almejando muito folgar pela vitória, sentenciou:

— Caríssimos filhos, é justo que, enterrando vossos mortos, vos alegreis na vitória sobre os franceses. Não vos esqueçais, porém, de que os santos obraram muito por esta cidade, mas de que a ofensa dos franceses representou uma punição dada por Deus pelos pecados desta cidade, que não são pequenos...

Nesse ponto do sermão, as cabeças, levemente, mui levemente, se voltaram para dona Inês.

*

Grimpava Daniela pelas brenhas, seguia atravessando quintais e chácaras, buscando o morro do Desterro. A impaciência era tão grande que tomava atalhos conhecidos por meninas espertas em roubar guaiavas, cambucás e ameixas. Conforme ia subindo, como cabrinha-montesa, a cidade lhe ia fazendo tonteiras, assim cansada e indormida, puxando-a para baixo, em escorregos, tremuras, ralar de joelhos. Daniela vencia tudo, só queria ver sua dona, saber o que lhe acontecera. Roubara-lhe a rosa de ouro o francês. Sua mão estava vazia de riqueza, mas seria bom senti-la sobre a cabeça; seria bom voltar ao carinho de irmã Maria Teresa depois daquele interminável dia de guerra.

Parou para respirar, o peito ofegante, o coração precipitado. Voltou-se; a cidade dormia pesado, dormia até tarde, depois de muitos dias de vigília. Apenas, no lado do belo Colégio dos Jesuítas, alguns soldados desciam por uma alameda e outros, rendidos, despachavam pela banda oposta. Não sabia Daniela o que significava aquilo: Duclerc estava lá, guardado por forças d'El-Rei. Avançou mais, viu o muro do convento e, além, a Capela do Desterro. O portão do Recolhimento estava aberto, e ela mirou escancarada a casa de tantos segredos e pudores. Entrou sentindo-se uma ideia — uma ideia difícil e cansada. Roupas, arcas, objetos pelo chão e ninguém, ninguém, a não ser o vento da manhã já avançada. Cobrou ânimo e caminhou. Além do pátio, no parlatório, havia pelo chão montes de coisas inúteis, de imagens quebradas. Então, pediu coragem a seus pezinhos e subiu à cela de irmã Maria Teresa. Pesava doce a memória, mas era só; nada havia por lá: a arca com os vestidos do Reino desaparecera; a caixa mourisca — que continha a rosa de ouro das Minas Gerais —, nem mesmo ela, o estojo da riqueza, ficara. Nada. Desceu chorando seu bem perdido, sua vida, o doce perfume que se escapara num dia só. Foi à dependência das *encostadas*, cuidou ouvir no vento que desatava mais forte e balançava as jaqueiras defronte o riso das companheiras, lavando os pés nas grossas tinas. Mas talvez, talvez lá na capela? Saiu desamparada, engolindo as lágrimas. Não teria medo se o cego mau lhe aparecesse; queria procurar tudo aquilo que fora a sua convivência, que estava tão completa e bem-arrumada ainda no dia de ontem! Quando viu, novamente, a Capelinha do Desterro, compreendeu tudo. Ruíra uma parte do muro; roupas rasgadas flutuavam acima de plantas. Eram os despojos. Cobriu o rosto com as mãos e soluçou, porque não queria acreditar que pudesse Deus permitir tanto mal às Senhoras Conversas. Dedos trementes puxaram-lhe as mãozinhas aflitas; era a guardiã do convento chorando também. Dizia-lhe:

— A menina pode crer. Fugi para longe, mas estava num barranco, e a vista apanhou aquele horror... Irmã Maria Teresa trazia nos braços o Menino Jesus. De longe, pareciam mãezinha e filho. Vi quando um francês lhe rompeu a roupa — que vergonha, Deus meu! —, tirando-lhe a rosa de ouro. E vi também quando outro a golpeou nas costas, caindo a irmã com o Menino Deus, cobrindo-o de seu corpo.

Choraram as duas e se entenderam, até que a guardiã terminou:

— As outras... foram para a nova casa da Ajuda. — E, tão faladeira que era, não pôde deixar de explicar: — Tiveram de puxar a *Fundadora* dentro do caixão, por este morro abaixo, pois que ela, que tanto esperava a morte, nem mesmo a teve dos franceses...

Segunda parte

Domingo de festa

Capítulo 11

Água santa de frei Fabiano

Como um bichinho sem dono — que à mãe não tinha apego, e sim obrigação —, Daniela voltou à barra da vereda por onde houvera subido para o Desterro. Já então era tarde, e havia uma névoa que empanava a paisagem vinda do mar, pairando rente à cidadezinha de tetos vermelhos e casas de pedra e taipa.

Mas eis que se ouve grande estrondo. Daniela olha o mar e vê três navios, as velas gordas, impadas em desabrochamento. Dois veleiros poderosos e uma sumaca.

— Os navios de *Mociu*!

Tudo deveria recomeçar? Ai, Jesus! Que vida era aquela! Ganhava-se uma guerra e...

Mais um estrondo se ouviu. As naus despejavam bombas sobre a cidade quieta e inerme.

E novamente se viu, no alto do Colégio dos Jesuítas, uma correria de soldados, então aparentemente sem sentido, a subir e descer as encostas do convento.

*

Davam as quatro as sinetas, e Duclerc havia terminado o jantar no longo refeitório. Apresentara-se impudentemente desvestido. Largara a camisa em sua cela e, de vez em quando, praguejava de dor na presença dos discretos e educados jesuítas. Gritava-lhes, em língua engrolada pelas dores, que era um chefe guerreiro, e não um joão-ninguém. A comida seria para escravos, e não para homem de sua qualidade; além do mais, "que não estava para levantar-se às quatro da manhã e rezar pelos pecados da *Companhia*" — estes não eram, felizmente, os seus.

Nem bem fora recebido e fazia tudo para desgostar os jesuítas. O prior, homem de saber, que falava muito bem a língua francesa, chamou-o à sala. O governador Morais havia pedido à Companhia de Jesus talvez um favor acima dos poderes da família de Santo Inácio.

— Monsieur Duclerc — disse o prior —, em vossa cela podeis ficar à vontade, mas é preciso não escandalizar a gente desta casa. Sabeis que é a mais regrada de todas as comunidades religiosas da cidade de São Sebastião do Rio de Janeiro.

— Então, pior desastre do que a rendição foi a sorte de vir para este outeiro. Estaria melhor no meio de frades menos virtuosos. — Doía-lhe terrivelmente o queixo. Falava com dificuldade, levando a mão à barba e praguejando: — Não visto saia e não quero viver entre saias. O governador terá de arranjar uma casa para que eu viva livre de vossas sinetas e de vossos signos contra o demônio.

Entravam o prior e seu *hóspede* na senda de tão difícil conversação quando os estrondos das naus de Duclerc se ouviram.

Os dois homens correram à janela, e o chefe da expedição, em vez de regozijar-se, explodiu mais furioso:

— *Les misérables fous! Voilà les idiots! Ils arrivent toujours au mauvais moment!* [Os tolos desprezíveis! Eis aí os idiotas! Sempre chegam na hora errada!]

Logo em seguida, o tenente que comandava os soldados postos pelo governador para vigiar Duclerc entrou em brancura de espanto.

— Senhor prior! Dizei ao general francês que seus homens de mar estão rompendo nossos tratos de guerra!

Duclerc poderia saber o que aquele homem pálido e trêmulo vinha dizer ali e pediu ao prior:

— Avisai ao governador Morais que farei silenciar esses truões e mais: que peço permissão para vender minhas naus, pois só assim teremos dinheiro suficiente para dispensar a vossa magnífica hospitalidade...

Estavam já na quinta bomba, pois, quando Daniela viu descerem juntos, em cavalgada rápida, soldados e padres, lá de longe, à rua Direita, um alarmado séquito tendo à frente o próprio senhor governador vinha ao encontro deste.

*

O homem de camisolão — o peito crespo e cabeludo aflorando pela fresca abertura — pôs um risco de tinta azul no ar quando mirou, complacente, Beleguina:

— Não será praguejando que se faz retornar a filha pródiga. A menina teria lá suas razões para não gostar muito deste sítio. Ainda ontem, quando baixava o rosto sobre a bacia, caíram-me bichinhos à água. Se minha santa mãe, que está no Reino, visse o destino do filho! Foi tudo que arranjei querendo cá buscar ouro: este serviço miserável e bichinhos de espécie jamais vista.

— Mas, se minha filha me abandona, quem irá cuidar de mim?

— Pois teu amigo, o moço que te trouxe. Aqui é importante. Trará o licenciado Francisco, que vem ver os negros e cura lombeiras, espinhelas caídas, tirando também muitos do banzo. O licenciado Francisco, como deves saber, só não cura aquilo que os poderes de Deus não deixam curar.

Beleguina, deitada na miserável esteira, olhava um buraco da parede. Já vira a floresta de pelos do peito do guarda, e isso muito lhe afrontara os pudores.

O homem saiu e voltou duas horas depois. Antes dele, entraram dois negros brandindo raminhos de arruda pelas paredes. Feito esse pequeno serviço, chicotearam delicadamente a perna da enferma com os mesmos ramos. Então, magnífico, alto, solene e grave, o licenciado surgiu. Disse algumas palavras ininteligíveis a Beleguina.

Os negros apresentaram uma pequena bacia. Mergulhou o licenciado um pano sujo em derretido sebo de carneiro. Dirigiu-se à doente aí, sim, em língua menos alta:

— Remédio para dores não há melhor que sebo de carneiro... abaixo de Deus... castrado!

A pequena peça bem se enchia de gente cuidadosa de Beleguina. Agora, vinha um discípulo do licenciado, tão magro e comprido quanto ele e igualmente vestido de negro. Trazia, numa sorte de gamela, partes de um carneiro retalhado. O licenciado levantou as mangas, quebrou um osso e mostrou a seu aluno, passando em seguida a exibir os conhecimentos ao guarda e à própria doente:

— Estão vendo este osso? O mel que aqui está é que falta no dela, que está seco. O sebo de carneiro ajudará a umedecer a junta...

O licenciado fez mais: deu dois dentes de alho a Beleguina para que com eles estivesse o maior tempo possível sobre a língua. Em seguida, tomou, ele próprio, o ramo de arruda e bateu — a face delicadamente voltada, pois que um homem de sua distinção não deveria reparar em pernas de mulheres doentes — sobre o corpo de Beleguina, sem saber muito bem por onde lhe ia a planta.

Ao sair, fez uma pergunta ao guarda.

— Vosmecê recebe a *visita* da mão do feitor...

*

Quando o licenciado deixava Beleguina e se ia ter com espinhelas caídas e banzos de negros, ouviu estrondos. Então, sob a sombra de telheiro, onde dormitavam, os pretos empanturrados de farinha para apresentar aspecto mais convidativo acordaram e se fizeram espertos. Haveria festa na cidade. Dispararam criados e escravos de todas as partes para ver se era procissão ou passeata militar pela vitória. O licenciado multiplicou os passos atrás deles, atarantado pelas roupas justas, longas e pesadas. Não ia sem certo cuidado, pois contava fazer bom dinheiro, e os enfermos provavam estar mais espertos do que se supunha. Quando atingiu a rua Direita, o governador, com o juiz de fora, Bento do Amaral e gente mui alta, assomava de um cortejo aflito e intrigado. Do outro lado da rua, em disparada, avançavam o tenente e soldados do Colégio dos Jesuítas acompanhados por vários padres.

Parou o governador, e uns vinham a cair sobre os outros, tão súbita fora a chegada dos guardas do Colégio. Os joelhos bem se encostaram em pernas respeitáveis, os ventres se chegaram mais do que deveriam às costas das autoridades principais, e todos ansiavam juntos.

— Senhor dom Francisco, senhor dom Francisco! O general *Mociu* faz saber que, se lhe dão licença, fará parar o bombardeio. Manda pedir, também, que lhe sejam deixados os vestidos, assim como pede permissão para vender os navios! Deseja, ainda, senhor governador, que deitem à praia cirurgiões para cuidar dos feridos...

— É festa?... É festa?... — perguntavam moleques, mercadores, vendedores de doces, aguadeiros, gente das irmandades.

— Senhor governador — disse o licenciado —, é ousadia querer o invasor tratar à sua ciência. Peço-vos permissão para atentar em que haverá nestes homens bruxedos mui perigosos para a cidade, que poderá vir a ser contaminada...

Abafava-se o governador com tantas falas, curiosidades e tais bombas não esperadas que se acendiam loucas, umas após outras. Perguntou a Bento do Amaral:

— Mas quem pode vir a ser fiscal de uma mensagem entre o general dos franceses e o povo de seus navios?

— Pois temos o homem, senhor governador, o senhor Du Bocage. Ele tratará de tudo por nós. Teremos de ir buscá-lo à praia onde está pescando siris.

Seis bombas estrugiram na água, mas sem nenhum dano. Muitos gritaram, ainda sem saber do que se passava:

— Viva El-Rei! Viva El-Rei!

Encontrado Du Bocage, espichado, bonachão francês que se fizera nosso, tomou ele mui sereno uma sua embarcação, fazendo sinais aos navios de Duclerc, enquanto já na praia, zangado, deprimido, rodeado da malta curiosa, o governador aguardava o final daquele equívoco dramático.

Du Bocage trouxe de volta, em quatro ou cinco viagens, perto de trinta prisioneiros da terra, que foram liberados aos gritos e aos sinais. Depois, a sumaca se deslocou, despejando à praia três homens, fortemente vigiados pelos portugueses. Eram os cirurgiões que vinham trazendo as vestes dos franceses.

Gaspar Soares empinou as orelhas.

— Senhor governador, comprarei a sumaca e o que *Mociu* quiser vender...

Pelo sim, pelo não, discretamente, quando os três aflitos e desconfiados cirurgiões franceses seguiram para a cidade, guardados por paixões e comentários, o licenciado, como um lépido gatão preto, pulou sobre o rastro feito na areia pelos médicos e desmanchou as pisadas com o precioso galho de arruda.

*

Dois dias esteve a menina Daniela a pervagar pela cidade. Não era à toa que a mãe sempre a chamara de *cabeça-dura*. Perdida, para sempre, a dona de sua alma, ficou banzando como qualquer um daqueles negros imensos, cobertos de palhas, que se viam, como seres vegetais, encostados pelos cantos da cidade. Neles habitava a nostalgia da África. Seria possível a um ente simples morrer de saudade?

Daniela relacionou seus passos com irmã Maria Teresa. Esteve no casarão da Ajuda, para onde as outras irmãs se haviam mudado. Trataram-na, umas com indiferença, outras com certo desprezo, porque tinha agora o ar de idiota. As meninas *encostadas* a olharam pasmadas. Estava tão descomposta e suja! Parecia faminta também. Elas haviam passado maus momentos, mas corria pela cidade que entre as asiladas do trapiche e os franceses aconteceriam arranjos — enfim, coisas muito de desconfiar. Foi-lhe dada a sopa, entretanto; teve albergue também, mas as mocinhas cochichavam, e as freiras, instalando nova vida, agradeciam aos santos, sem ternura no coração, que este havia secado nas tristes cenas do Desterro.

Daniela, *cabeça-dura*, agora se esquecera para onde tinha ido a mãe. Na realidade, quando fora para aquela dependência dos escravos, o caminho estava abarrotado de gente; havia luzes demais, gritos e sustos; seu instinto lhe oferecera o caminho certo para subir ao Desterro. Transtornada, porém, pela dor que sofrera, agora não sabia mais retornar. Estava pelas Águas da Carioca quando um frade gordo e rosado passou por ela, acompanhado de algumas pessoas mui atenciosas e reverentes que o cercavam de cuidados e perguntas. Ao chegar junto à mocinha, fez parar o pequeno círculo de acompanhantes.

— Esperem vosmecês um momento! — pediu.

Voltou-se, a face boa, descaída e gorda, imberbe e lisa, tremendo em sorrisos.

— Que tens tu, minha filha? Pareces tão aflita! Conheço-te das Conversas.

Ela o olhou como se falasse língua estrangeira. Sacudiu os ombros, acordou após instantes.

— De nada mais sei.

— Mas procuravas alguém, não é assim?

— É verdade, senhor frade. Procuro nhora mãe que está doente, mas já não me lembro onde está.

— Dá-me a mão; talvez juntos encontremos tua mãe. — Falou aos que o acompanhavam: — Voltarei logo; que me esperem vosmecês por aqui.

*

Em vão seguira Beleguina as receitas do licenciado. O estudante ali estivera depois de assentar em resmas enormes de papel nomes sem conta de negros que iriam para as Minas, levados por paulistas que não queriam perder tempo e apressavam negócios com energia irredutível em suas porfias d'ouro.

A febre tomara conta de Beleguina. Delirava. Via um demônio pequenino saindo de debaixo da esteira e outro menor ainda; quando o quisera destruir como a um inseto, fugira pelo buraco da madeira. Gritava, transpirava, chamava a filha. O estudante concordou com o guarda dos escravos: Beleguina estava muito mal, talvez nada mais se pudesse fazer. O guarda comentou:

— Se minha santa mãe estivesse doente, eu não a deixaria por coisa alguma deste mundo.

— Não fales mal da pequena — respondeu o estudante. — Alguma coisa deve ter sucedido à pobrezinha. Acredita: nela Deus habita quase visivelmente. É tão boa e inocente que se vê logo.

E foi, triste, escrevinhar os tristes nomes do degredo.

*

A mão na doce e lisa mão do frade, Daniela depressa rompeu o cinzento que lhe ia pela cabeça:

— Ai, senhor frade! Agora me lembro, agora me lembro! Pois era uma casa à beira do mar, com um telheiro baixo de negros dormindo, sinetas que batiam e guardas de roupas soltas, como as de ir ao banho.

— Menina, vê bem que me levas sozinha para lá. Já lá vamos aos negreiros!

Deslumbrada e aliviada, voltou-se Daniela para o frade e reparou só então que, enquanto lhe segurava pela esquerda, pela direita levava mui graciosa moringa de barro, pintada com rosinhas e faces de anjos.

Daniela sempre fora sensível às belas coisas.

— Senhor frade, mas que rica moringuinha! Por que a leva, vosmecê, pela rua?

— Sou enfermeiro do Santo Antônio. E esta é a água boa que se dá aos doentes. Mas vai à frente, menina — disse ele —, que tenho de ver ainda um amigo aqui por perto.

Daniela largou-se para encontrar a mãe e o pouso. Foi recebida por Beleguina em catadupas de choro:

— Ingrata filha minha! Vou morrer e serei levada por demônios, que me estão a tocaiar! São do tamanho de aranhas!

— Eu me perdi, nhora mãe; mas logo virá aqui um senhor frade, enfermeiro do Santo Antônio.

O guarda, convencido, maltratou esperanças:

— O enfermeiro do Santo Antônio não vem cá. É frei Fabiano, que toda gente conhece. Muito tem de andar e visitar, agora, pelos doentes da guerra!

Beleguina prostrou-se, cansada de resignar e dizer de seu ressentimento. Transpirava, dormia e parecia tão quieta! Daniela, sempre de mau jeito, abriu-lhe o olho esquerdo para ver se bulia.

— Deixa-la dormir; é bom — recomendou o guarda.

Então se arredou a madeira rangente, e o frade de largas bochechas flácidas, ombros redondos e doces apareceu à soleira com sua moringa de anjinhos pela mão direita. O guarda confundiu-se:

— Frei Fabiano! — Beijou-lhe a mão e disse: — Perdoe-me vosmecê, mas não acreditei na menina quando disse que viria a nossa casa.

Ele riu, fresco e saudável, cheiroso e límpido como figura fontana:

— Tenho vindo cá muitas vezes, meu filho.

Chegou-se junto de Beleguina, que despertava estremunhada. Daniela estendeu-lhe um caneco de barro quando viu que era intenção do frade dar-lhe água da moringuinha angélica.

— Bebe, minha filha; o que tens é muita sede.

Beleguina tomou em secura e aos grandes goles a água fresca que lhe descia com desaperto geral por todo o corpo. Sentou-se, após, e encarou o frade:

— Acho que estava com muita sede, sim. Tinha a boca de um forno, e nada esfriava a goela.

— Nhora mãe, nhora mãe, se bem me lembro, e sua perna?

Beleguina volveu a perna com cuidado uma vez, duas, firmou-se e depois se pôs de pé.

— Senhor frade, vosmecê não acredita; mas me doía com a dor das tormentas do Purgatório...

Beijou-lhe a mão. Já estava meio desinteressada. Que pena! O frade vinha quando, justamente, não precisava mais dele. E estivera tão doente!

Frei Fabiano despediu-se e saiu. O guarda, quando ele se foi, veio para junto da mãe e da filha:

— Eis uma coisa que não entendo: dizem que antes que este enfermeiro cure, são, pronto, curadas as pessoas! Ainda ontem, soube de um que o chamou por muita febre que tinha e, quando o frade apontou, o doente teve de pedir grandes desculpas, pois que o tirara de sua ocupação para coisa alguma.

Daniela, já mais versada em assuntos religiosos, perguntou:

— Pois não virá nessa moringa a água santa de que tanto se fala?

Capítulo 12

Nostalgia de dona Inês

Dona Inês foi vista pela janela de sua casa — os cabelos soltos, deitada sobre um banco almofadado, os olhos pelo ar, parados.

A mucama havia descerrado a rótula, e ela aparecera assim, amolecida entre coxins amarelos, com um vestido leve e claro, os pés desnudos, largada de calor. Havia, atrás de dona Inês, menina magrinha e mulata que movia ventarola tão preguiçosa quanto a palmeira tangida pelo vento que balançava lerda no jardim mais curioso da cidade. O jardim de dona Inês mostrava plantas em lugar certo, flores encaminhadas nos canteiros, faceiro jardim, sem aquela desordem dos outros onde rosas, fruteiras, matinhos se entremeavam, servindo mais às cuspidelas dos senhores, à sujidade dos *xerimbabos* do que propriamente de adorno.

Pensava dona Inês no marido; cuidava ouvir-lhe a voz. Até mesmo seus ralhos aos negrinhos lhe faziam falta. Quando vinha da rua, entrava com ele uma sensualidade, um mistério que as mulheres do tempo não partilhavam.

Enquanto estava de abanos, dona Inês atentava em seu amor devolvido. Quando governara Gregório a cidade, e os grandes e pequenos lhe vinham fazer mesuras, ele a tinha quase proibida, como se toda ela fosse pecado de abismo. Cerrava-lhe o amor de Gregório a alma e o corpo. De uma feita, quando à casa do governador vieram pessoas visitar El-Rei em efígie e Inês vestira uma vasquinha de chamalote azul, usando diadema da mesma cor, o marido a encarara com triste ironia: "Vens assim tão bem-feitinha de corpo?".

Proibira-a de descer, e ela observara escondida a procissão de gente que fazia rumor de roupas novas e ainda duras, de sapatos não domados e casacas não amansadas no uso. Mulheres e homens faziam reverência à efígie do rei e, quando terminavam a visita, saíam alegres em tumulto e conversa. Mas, com Inês, tudo era diferente. Sentia-se como o enredo da cidade e não sabia por quê. Suas mucamas vinham contar-lhe o que diziam de seus banhos de cheiro. Se o marido não lhe dava nem bom-dia, nem boa-noite, Inês não perguntaria a razão: teriam desenhado no muro coisas de envergonhar qualquer criatura de sangue nas faces. Perguntava-se a dama em seu desalinho se era possível amar um homem que a deveria ter como senhora, mas a conservava como cativa. E depois de muito pensar, entre um abano e outro, sentiu saudades do vozeirão estrondando na casa quieta, das risadas meio desprevenidas, das recontagens sobre as minas, quando lhe vinha o bom humor — que era uma festa para ela. Sentiu o vazio daquele espesso amor de casamento, que nele tinha sempre o sinal de uma fraqueza. Assuntava nos cochichos da cidade, nos moleques a vir e a levar recados, na gente a sorrir e a fechar o riso, mal passasse a liteira.

Que houvera feito de mal? Em sua nostalgia, e em seus abanos, Inês, que acreditava no pecado, pensava que às vezes seu próprio corpo lhe dava um prazer como o da avareza. Entre os que amealhavam o ouro e ela própria, deveria haver certa semelhança. Guardava-se Inês para si mesma, e era tanto maior o prazer quanto mais sabia que dela houvera desconfiado o marido e que seu muro seria perpetuamente coberto por aqueles sinais de tanta vergonha.

Recordava: uma vez, viera de visita um capitão inglês, cujo nome não retinha. Trouxera presentes ao governador e para ela também os levara — pois que os ingleses muito usufruíam da amizade com Portugal nessas lonjuras. Mas não teve Inês o gosto de aparecer lavada e doce, vestida de branco e ouro, porque, também nessa ocasião, Gregório a proibira, dizendo que os ingleses faziam roda à parte e não confiavam em ouvidos de mulheres.

Nem se lembraria mais desse episódio se a molequinha que a abanava agora não tivesse contado: Gregório mandara vestir um soldado com roupas mui longas de mulher, e este disse ao visitante duas ou três palavrinhas em falsete, entre dentes, quando o inglês se curvou tão admirado — quase a ponto de desmaiar.

Ai, lembranças que lhe davam a tentação de ser ao mesmo tempo mui senhora e mui castigada, mui reverenciada e proibida.

Um dia, confiara a seu confessor o que receava ser pecado: querer-se pura, mas sempre perturbada; encontrar requinte nas solidões em que vivia e sorrir consigo mesma quando percebia o olhar pecaminoso dos homens, varando as rótulas da casa.

Havia um ano que, por doença grave do marido, fizera promessa de tratar de enfermos, e ele a deixara de bom grado cumprir o voto, pois que a sentia também por isso disciplinada.

Agora, na casa onde o dono ficava na memória do sombrio leito de casados, no pensativo oratório, onde se reclinava vez por outra para curtir em silêncio aquele desencontrado amor, que o levava às outras mulheres menos desejadas, castigando-se e a castigando em silêncio, Inês cismava em voltar a seus doentes.

Amava os enfermos porque haviam perdido toda espécie de orgulho, esse orgulho que os portugueses tão bem exibiam, como se amar, desculpar, confessar, tudo isso fosse coisa só para ouvido de confessor, mas jamais para ouças da mulher.

*

Alimentava-se Inês de sua nostalgia quando um escravo veio avisar que dom Francisco havia chegado.

Despachou-se, depressa, a senhora a vestir a capa de estamenha negra e a calçar chapins também negros. Mal teve tempo de o fazer, e dom Francisco avassalou a sala com suas passadas, o braço estendido a abarcar a cunhada. Ela, porém, permaneceu rija, embora se levantasse a recebê-lo. Estendeu-lhe a mão, que ele beijou com rudeza e afeto. Inês, tendo reparado que atrás do governador vinha seu ordenança, pediu, a testa franzida:

— Que se retire vosmecê; temos que conversar mais à vontade.

E ela o viu sair da sala com beiço de riso contido e percebeu que sua orelha morria por pregar-se junto ao sofá, colhendo palavras que por ali subissem.

— A senhora nossa irmã — disse ele — está cada vez mais bela. Não se lhe notam as lágrimas. Tem cara bem construída!

Inês não respondeu. Sentia aversão física por aquele homem que parecia o marido, mas como no apodrecimento da figura. Era como se ele, que lhe aumentava a pessoa do esposo, também aumentasse os defeitos de Gregório.

— E o que quer de mim, mano Francisco?

— Passei a saber se precisavas de qualquer ajuda. Olha que não é pequena esta minha atenção. — E ele ria para ela, fazendo-se dulçoroso. — Esta cidade é o cofre dos problemas, a arca de todas as dificuldades que estas terras apresentam!

A menina mulata parara com seus abanos, mas Inês fê-la voltar ao serviço:

— Refresca o senhor governador, que está muito afanoso e de pressa.

— Isto de abanos é coisa para mulher — disse. — Vai-te daqui, menina! Não estou tão de pressa assim...

Passou o governador a falar na arca de dificuldades que era a cidade de São Sebastião do Rio de Janeiro.

— Seiscentas bocas de franceses a alimentar! E, além do mais, nem há na cidade calabouços suficientes.

Os prisioneiros entupiam a cadeia, derramavam-se pelos conventos — quando eram oficiais — e se alojavam até na Casa da Moeda! Numa cidade de doze mil almas — concluiu —, mais de meio milhar de esfomeados não é assunto que se resolva com penadas e timbres. Além do que — ele esbofou —, quando souberam da invasão, fizeram as famílias depósitos de comida...

Inês mirou, cintilando:

— Nosso caro governador, parece que não estava preparado para a vitória... Mas em que posso ser útil?

A mão rósea pousava no colo coberto pela estamenha, mas de maneira natural. Ele baixou a voz:

— A mana, depois da viuvez, suspendeu as visitas aos doentes, pois não?

— É verdade. — E pensava justamente nelas.

— É claro... é claro — disse o governador. — Uns gostam de vestidos, outros de joias, outros de serenatas. À mana apraz buscar os doentes, isso lhe proporciona um certo ir e vir que as mulheres não costumam ter...

Reservou-se Inês:

— Foi uma promessa que fiz por Gregório, embora sua morte tenha vindo — sua voz se esquentou quase à fervura — muito mais pelos planos do governo e de sua maravilhosa trincheira...

— Que má te tornas! Encurtarei nossa conversa, pois estou de pressa, como já disseste. Entre as coisas sem fim que preocupam o governo desta cidade está a tenção de monsieur Duclerc, que me parece de orelhas mui alevantadas, como vencido. Se fores aos jesuítas, como costumas fazer, prestarias um favor a esta cidade de tantas inquietudes. Se por acaso estivesses com Duclerc, que despachou aos berros os próprios cirurgiões...

*

A liteira de dona Inês, cortinas descidas, atrelada a duas bestinhas pardas, subia a alameda dos Jesuítas. Soldados já desmanchados de farda, alguns de pés desnudos, vieram ver de quem se tratava, mas, antes que indagassem, um tenente mandou que se fossem:

— Mui conhecida a viatura, ora pois!

Pelas encostas do morro, servidores do Colégio trabalhavam no jardim, no pomar, usando alvas vestimentas de algodão. Havia índios de rosto tatuado, que não podiam deixar de brincar uns com os outros durante o serviço, negros silenciosos e ocupados em podar, e religiosos lânguidos a dirigir o serviço e a abrasar de calor, com um olho posto nos que trabalhavam e outro nos visitantes. Assim foi que um deles, mal atingiu a liteira o alto do morro, bem se adiantou à dona Inês, que saltava sem o auxílio do escravo:

— Bem-vinda, senhora dona Inês. Não supunha já estar vosmecê livre de nojo!

— Padre — disse ela com voz cansada —, os males alheios acalmam os meus próprios, mas, perdão, devo seguir à casa da enfermaria.

— Senhora minha — disse o padre um tanto perplexo —, creio que, já que vosmecê veio, o prior quererá vê-la.

Levou-a ao parlatório de pedras altas e frias, portas abertas para a cidade faiscando em branco no meio da floresta.

Sentou-se Inês a um alto e severo banco marchetado de madrepérola, e o padre tangeu para fora pessoas que ali aguardavam: uma velha com um menino, um índio de olhos inflamados, uma jovem devota de mantilha negra.

Daí a pouco, o prior chegou abrindo os braços.

— Dona Inês, sabeis que estais livre de voto em vossa penosa situação! Por falar nisso, quero dizer que ainda hoje, na santa missa, foi dito o caro nome de Gregório.

Dona Inês sentia que atrás daquelas palavras circunspectas brotaria o riozinho de surpresas que já sabia mofinas. Ele fluiu, alguns segundos após:

— Hoje fiquei em penosa situação, e vosso nobre nome foi a causa...

Inês suspirou. Conservava-se hirta, calma, a mão longa ajustada ao banco, o altivo pescoço bem aprumado, mas, lá por dentro, o coração lhe deu sinal. Jamais seria livre das intrigas, e lá viria mais uma.

O prior começou a dar uns passos, e sua batina brilhava pobre e surrada, malgrado a majestade de quem a levava.

— Senhora dona Inês, a muito custo contive monsieur Duclerc, que vos queria mandar um bilhete! — Fez um gesto como que a impedindo de falar. — Estamos todos desgostosos com as atitudes do general dos franceses, mas esta, sem dúvida, foi a mais afrontosa!

— Mensagem para mim? E o que poderia querer de minha pessoa?

— Pois, despedidos os cirurgiões, entrou em quizílias com padre Malvino, o pobre!, o mais paciente de quantos enfermeiros já tivemos, e então teve a ousadia de reclamar vossa preciosa presença, dizendo que, pelo visto no trapiche, éreis melhor cirurgião do que os que o visitaram!

Inês não pôde deixar de rir:

— Senhor prior, não vejo nenhum inconveniente em auxiliar-vos; tanto se me dá curar mazelas de vossos índios, quanto tratar de fazer os curativos em monsieur Duclerc. Meu voto não especificou doentes. Por que pensais que isso me ofende?

Mais uma vez, a batina lustrosa do prior exibiu seus reflexos duvidosos à luz do parlatório enquanto ia em indecisão:

— Previno-vos, senhora, que monsieur Duclerc é um *homem debochado*.

— Ora, senhor prior, afinal estarei bem guardada na enfermaria de Santo Inácio por vosso padre Malvino. Exagerais, tenho certeza. Já sabia, por meu cunhado, que monsieur Duclerc está causando atropelos em vossa casa. Se estiver em meu alcance diminuí-los, tanto melhor.

*

Rápidos foram os momentos entre dona Inês e Duclerc. Notou a dama que ele descaíra; os cirurgiões já lhe haviam feito três sangrias. Ela o viu esperando na aba do longo corredor, fechado por algumas tábuas desconjuntadas, onde pessoas de melhor trato recebiam cuidados. Passada essa pequena divisão, principiava todo o edifício do Colégio, onde as mulheres não poderiam entrar.

Padre Malvino a acompanhava com seu defluxo crônico, seu desprezo incurável pelos doentes, pois sempre pensava, lá bem no fundo da alma, que eram tratantes a merecer castigo físico por falta das naturais penitências.

Uma disputa entre os servidores do governo e os padres do Colégio retardou a plena posse da roupa deixada a monsieur Duclerc. "Mui pomposa e não edificante", sentenciavam os padres, dizendo até das calças, que "eram sobejamente ajustadas".

Dona Inês o viu quase pobremente vestido, o rosto descolorido, os olhos aumentados pelas olheiras cavadas em ódio e sofrimento.

Extraiu Inês de sua bolsa as folhas amarelas de uma planta que de seu jardim se abria para o sol e o acompanhava — por isso vinham tão esmaecidas. Fez sinal a Duclerc para sentar-se numa banqueta, enquanto padre Malvino se acercava, tendo na mão bacia de cobre que continha água ou líquido esverdeado. Ao chegar o religioso junto de Duclerc, este, que se mantinha de cabeça baixa, os braços tombados, fez um gesto; a bacia oscilou e depois rodou pelo chão.

— *Pardon, mon père* [Perdão, meu padre] — disse, mas o tom não era de desculpas.

Estava claro que Duclerc pretendia estar sozinho com Inês, pelo menos por instantes. Mas, como se fosse boneco de teatro, o padre sortiu novo recipiente de água, este uma cuia indígena, pousado num aparador ali posto sob cortina.

Desembaraçou-se Inês da capa e se dispôs, em vestido, a cuidar do doente, fazendo-lhe um sinal negativo com a cabeça — *que não* —, quando ele, reverente, pretendeu beijar-lhe os dedos. Descobriu-lhe a atadura da face, lavou-lhe a chaga com a água da cuia que o enfermeiro trazia e após colocou, embebida, a folha amarela sobre o ferimento, envolvendo-o com panos limpos.

— *Merci, Madame. Vous êtes pleine de grâce.* [Obrigado, senhora. A senhora é cheia de graça.]

— Se ao menos pudéssemos saber o que resmungava esta marmota! — explodiu padre Malvino.

Não brincou dona Inês.

Duclerc foi levado para fora. Tranquilamente, ela passou à enfermaria propriamente dita, onde havia a moça doente dos ares mefíticos vindos de um cemitério indígena, o índio queimado na vista por vir mui de perto mirar os fogos da vitória e a criança sobre quem caíra o olho mau da vizinha.

No parlatório, instada foi Inês pelo prior para que se esforçasse junto ao cunhado pela saída de Duclerc do Colégio. Mereceria a gratidão dos jesuítas.

*

Na mesma noite, que se seguiu ao dia em que dona Inês pousou sobre a ferida aberta na barba de Jean-François Duclerc a fresca folha amarela de seu jardim, o calor abriu violento sobre a cidade. Ela ficou sem dormir, rolando pela cama muitas vezes, o candeeiro aceso, os insetos voando em torno, e a presença, já não assustadora, do que ela chamava *o diabinho da noite*: um sagui perdido, dos muitos que assolavam a cidade, famintos e atrevidos, que viera comer os bolinhos deixados pela mucama em cima de sua cômoda.

Ela o viu chiar, perverso e tentador, com sua graça e seu segredo da floresta. Já estava aí tão amolentada de sono que não o enxotou, e, dentro de sua ideia, ele se fez um "*mociu*" pequenino, adulterado e feio como rabisco de muro.

Furtados os bolinhos, o sagui saiu dando pequenos gritos pela janela entreaberta.

Já aprofundada em sonhos, dona Inês agora tomava da farda ensanguentada do marido, que vira vestida pelo negro, e se propunha a lavá-la. A mancha era difícil, e então alguém dizia: *É preciso voltar contra o sol!* Ela voltou e, de repente, já transpareceu limpa a farda de Gregório. Começava, daí por diante, desordenado e feliz, o desfile da cidade, e todos vinham admirar a farda imaculada. Assim, bem lhe prestavam muitas reverências. Ela não sabia por quê, mas se sentia ufanosa ao apresentar tão asseada a vestimenta de dom Gregório. A capitã estava no meio daquelas figuras desconhecidas do sonho; abraçava-se a Inês e chorava de contentamento.

Ela acordou feliz, o sol lhe vindo ao rosto, mas logo teve saudades daquela jaqueta descurada e se lamentou por não tê-la trazido para casa, limpando-a do sangue, guardando-a numa arca perfumada a sândalo. Teve saudades, depois do sonho, como de um filho não nascido e morto, mas que sentiu em si.

*

Gaspar Soares mandou rezar um "te-déum" em cumprimento à solene promessa pela salvação da mulher e pela libertação das donas do trapiche — miraculosamente sortidas.

Juntou-se o poviléu no adro do São Bento para ver entrar o cortejo de famílias e agregados. Mancebos aguardavam por ali, dolentemente encostados ao muro, espiando vez por outra, lá embaixo, uma nesga parcamente iluminada da cidade; eram companheiros do estudante, nosso convivente do trapiche, e com eles aparecia o moço.

Cantava o São Bento em noite de todo o rico esplendor de ouro e prata; o incenso se derramava sobre as capas e as mantilhas. Houve dulcíssimo coro, e Gaspar Soares chorou à vista de todos; foi exemplo mui edificante de fé.

Viam-se conhecidas faces, como as da capitã, de pesado luto, o rosto magro e pendido, muito pouco associada à triunfal majestade do ato religioso. Dona Inês, ao lado do governador e de sua mulher (que sofria dos dentes e os arrancava um por um, até o ponto de encher a boca com paninhos quando ia à igreja), oferecia aos moços, que a viam de longe, o perfil intocado pelo sofrimento, a serena postura e a longa mão sustendo o rosário de ouro maciço.

Beleguina não conseguia estar quieta; voltava-se, falava mil coisas com vizinhos, que se retraíam, enquanto Daniela, a face elevada para as luzes do altar, onde ramos sem conta em ouro e prata o enfeitavam, cuidava na promessa de irmã Maria Teresa, na rosa de ouro que seria ofertada pela freirinha, depois de vitória dos *nossos*. "Onde estaria o francês que a furtara?", pensava.

A música fez correr o peso sonoro quando o templo se esvaziou. À porta, uma sorte de mendigo-mágico empunhava a violinha; seu ajudante fazia dançar bonecos. Eram os títeres soldados portugueses e franceses em luta e mui bem manejados. Atiravam-lhes moedas. Estava Daniela a pasmar-se com o teatrinho mendicante e a desatar o riso, já tão custoso, depois dos tristes acontecimentos, quando, da sombra, o estudante se mostrou. Riu juntamente com ela e, como mãe e filha descessem a encosta, depois da aluvião de gente, ele as acompanhou.

Embaixo, havia um oratório. De sua capa extraiu pequenina vela, acendeu-a junto à Virgem — e foi mirando, comovido, o rostinho de Daniela empinado para a beleza da imagem, comparando a santa face com a da menina:

— *Anjinha*, também tinha de cumprir meu voto!

Estavam agora, já as duas, Beleguina e Daniela, habitando o miserável quartinho da rua Padre Bento Cardoso. Acompanhou-as o estudante até a porta, e, como protetor, sua mão amparava a cinturinha de Daniela ou continha o braço macio da pequena pelos caminhos e pedras. Mas, em sua simplicidade, Daniela foi dormir sem saber de coisa alguma. Entre ela e o desejo não existia o caminho. Dormiu na esteira da mãe, enquanto o estudante se largou pelas vielas da cidade e caminhou e caminhou, gastando-se em pensamentos de amor.

Capítulo 13

Daniela! Daniela!

Encadearam muitos dias sobre a cidade de São Sebastião do Rio de Janeiro. A vitória aos poucos apodreceu nas dificuldades com os prisioneiros franceses e no terror de ameaças futuras. Sabia-se que dom Francisco de Castro Morais estava estudando novas cartas de defensa da cidade. Numa velha casa do Desterro, Bento do Amaral reunia os moços e lhes falava de perigos e novas invasões. Chasqueavam sobre o governador. Inventavam canções com o estribilho: *muuu... muuu...* Enquanto isso, os carcereiros recebiam dinheiro dos franceses e os alugavam a peso de ouro às famílias desejosas de um trato mais fino. Entre o falatório da cidade pequenina, corria que a mulher de Gaspar Soares tinha a serviço um formoso guarda-marinha que ensinava ao filho e à filha — postos longe na ocasião da guerra — a ciência das maneiras; ao filho varão o manejo mais rápido da espada; à moça donzela talvez arte mais perigosa ainda. Dona Inês tinha agora o melhor cozinheiro da cidade, aquele a quem contratara pessoalmente Duclerc, bastante glutão e exigente. Apodrecera a vitória como já se disse, e o governo da Metrópole não tinha olhos para as irregularidades e os delitos. Não havia com que saciar a fome de tantos prisioneiros, e, enquanto se teciam planos para transportá-los à Bahia, as vastas cozinhas da pequenina cidade iam absorvendo um ou outro súdito de Luís XIV. Tudo feito na discrição da saída e da volta às horas mortas; presentes os presos, rigorosamente, às inspeções de rotina. Para muitos, que não podiam ter criados assim tão finos, o despeito sorria numa história: "Quando o francês se atrasa, o carcereiro lhe diz: 'Pois amanhã encontrarás a porta trancada e dormirás na rua!'".

Iam as coisas nesse pé quando um dia Daniela, que não descurava de encontrar De Boiron e obter dele a rosa de ouro de irmã Maria Teresa, em sua simplicidade bem se pôs a andar e observar a cadeia, com sua entrada de portal de pedra que dava para um saguão, onde via subir pessoas mui importantes para solenes reuniões. No muro amarelo, à direita e à esquerda, as ogivas onde às vezes se viam mãos apenas bulindo, brincando, abrindo no ar como folhas recebendo a fresquidão para toda a planta.

Aos ouvidos de Daniela chegavam histórias sobre os franceses que dali saíam e entravam sem moléstia. Onde estaria De Boiron? Vagava a menina, e não davam por ela os guardas, que mantinham conversa animada a respeito de um crime havido na véspera, quando escravos de um rico senhor haviam matado aquele amo do negro que sempre colidia de propósito com a liteira de sua senhora. Era nobre o mandante, e a prisão, no momento, se ressentia da sala a que teria direito, pois que os franceses até isso tomavam à gente da terra: seu conforto mínimo. E iam pela conversinha, entretidos, os guardas.

Rodeava a cadeia Daniela quando uma pedrinha, não mais que uma pedrinha, quiçá caliça de muro, lhe veio ao peito. E ouviu uma voz: *Daniela! Daniela!*. Conheceria logo o chamado, não fora tão emperrada de ideias, mas, lá de dentro do muro, a voz prosseguiu:

— Sou Luisita. Pede à guarda que te deixe entrar!

Seria Luisita ou um mau espírito que a tentava para fazer correr algum perigo?

— Ora pois, anda — prosseguiu Luisita —, que te vejo muito bem, por um pedaço de espelho!

Não tinha Daniela o menor desejo de visitar Luisita; mas seus sentimentos eram simples. Chamassem por ela, e atenderia aos que a invocassem. Corria como um bicho; era só.

Deixaram-na visitar Luisita com alguma facilidade. Estava numa sala com mulheres perdidas, feiticeiras e a bêbada que ateara fogo à casa do vizinho porque ele a chamara por um nome mui antigo e apropriado... Estava furiosa e exausta a menina Luisita e perguntou, quando o guarda saiu, mandando o bafo do suor da farda pobre e mal trocada:

— Que fazias aqui?

— Procurava aquele francês grandalhão que vi com a flor de ouro de irmã Maria Teresa. — E obstinadamente se dizia: — Ela prometeu a rosa pela vitória dos nossos! Prometeu a rosa à Virgem do Rosário!

Atrás de Luisita, cuja meia face aparecia na pequena abertura, confusas e dolentes vozes femininas ecoavam. Houve um largo riso idiota.

— O espelho é meu! Não te faças de senhora!

Luisita deveria pisar com firmeza nalgum pé mais atrevido, porque obscenas pragas e blasfêmias subiram ao ar. Um princípio de discussão se insinuou:

— Vai-te daqui, carcaça!

O tumulto atraiu a atenção do guarda. Não fora Daniela tão bonita — isso ele acabara de descobrir —, teriam-na enxotado com mais dureza.

Disse o soldado a Daniela:

— Deixei que viesses porque a menina Luisita até hoje não teve visitante e é... sem fazer ofensa às senhoras nobres que aqui estão... a mais prendada de todas.

Luisita, isto é, os olhos e a testa mostraram esperança.

— Sei que monsieur Duclerc está tomando criados, pois vai de mudança para uma casa junto da Candelária... Ele se deve lembrar de que falo francês... Ah, se tivesse dinheiro! — O guarda fingiu que não ouvia. — Quem tem dinheiro fala grosso aqui — continuou ela. — Se o tivesse, estaria com damas nobres, e não com estas carcaças imundas. — Baixou a voz: — Arranja-me isto, pela memória de irmã Maria Teresa, e eu te arranjarei francês e flor. Juro que arranjarei.

De longe, desabotoando e arejando a larga casaca, mostrando o peito suado, o soldado observava a cena, cortada a figura por clarões vermelhos do facho que iluminava a profundeza do corredor.

Saiu Daniela leve para a rua. Homens em longas capas subiam as escadas, acompanhados por negros muito bem-postos. Largou para o ar livre na preocupação dolorosa de ter de pensar... *Ter de pensar.*

A perplexidade de Daniela durou pouco. Esbravejando, o saio abrindo ao lado, na pressa do andar, Beleguina descobriu a filha:

— Que é que tens? Por que andas pelas ruas como cigana? Vai-se entregar um trabalho, e a filha se solta vadia!

Daniela baixou os olhos, obstinada.

— Se não me ajudas em mandados, que fazes pelas ruas? Vou levar-te ao senhor bispo, para que te guarde nas irmãs Conversas. Ele fará com que elas te recebam. Não há sacrifício que se lhe negue. Tanto mais que precisam de seu apoio, pois não estão dentro da lei... Irás, eu juro.

Passavam moleques e reparavam no ardor de Beleguina e na tristeza de Daniela. Um deles gritou à mãe:

— Olha que te serramos num pipote! *Serre-se a velha!*

Ao que arcangelicamente respondeu Daniela:

— Nhora mãe não é velha!

Isso abriu o coração de Beleguina à sua inocentona, sua grande e desabrochada filha, de cabeça criança. Hoje mesmo levaria Daniela ao senhor bispo.

*

O dia é azul, mas a gente debaixo dele é feia, raivosa e escura. Nem a férrea disciplina dos jesuítas pôde impedir que a comunidade inteira se azedasse com seus *hóspedes*. Através de dona Inês, julgaram os jesuítas que haviam obtido novamente a paz de suas almas. Anunciada a saída do "general dos franceses", que iria para uma casa perto da Candelária, o prior teve o requinte de pequena vingança, bastante inocente, em seu entender:

— Monsieur Duclerc — disse —, o senhor terá uma linda casa para morar, com belíssima visão para o cemitério que fica ao pé da igreja!

Duclerc riu desafogado. Estava quase feliz, e nada alteraria aquele bom humor. Passou a mão pela barba e tirou uma pelezinha da ferida cicatrizada: "Era o diabo, estava ficando bom! Não mais careceria dos compassivos dedos de dona Inês".

Continuava o prior:

— Espero que leveis vida mais amena em vossa nova e amável prisão, pois o tenente, que prendeste no trapiche, será agora vosso hospedeiro... Já que não o podemos chamar de carcereiro, pelas liberdades que vos serão concedidas, por certo. — Mais um riso deleitoso de Duclerc. — Espero também que leveis em vossa nova casa uma existência mais compatível com a paz dos moradores desta cidade que viestes perturbar.

Duclerc novamente coçou a cicatriz dura e espessa da barba, mas continuou usufruindo o momento com prazer meticuloso. Continuava o prior em seu ressentimento quase doce:

— Por outro lado, nós todos aqui, que tivemos em vossa companhia tantas dificuldades, auguramos boa convivência com monsieur De Boiron, um hóspede muito pouco estimável para os beneditinos... — De tal altura, o contentamento de Duclerc desabou vertiginoso. — Sim — continuou o prior —, neste momento exato os beneditinos devem estar levando vosso amigo também à porta de saída. Creio que, embora nem sempre nos entendamos com os frades do São Bento, pelo menos estamos de acordo num ponto: fostes, tanto um quanto outro, missão das mais espinhosas nesta jovem terra...

A companhia de De Boiron punha em Duclerc tal amargura e rancor que não conseguia dissimular.

À porta, já de saída do Colégio, padre Malvino atirou alguns objetos que pertenciam a Duclerc e haviam ficado na enfermaria. O "hóspede" despachou a pequena bacia pelos ares, empurrou velhas pantufas com rápido pontapé e entrou na liteira, guardada por soldados, dizendo coisas feias que perturbariam infinitamente os padres se eles as pudessem compreender. Cercou-o a guarda; vieram índios risonhos; o tenente que vigiava o Colégio encabeçou a pequena marcha batida para o sobrado de um seu companheiro d'armas.

Duclerc, entrando já na liteira, mirou pela última vez a casa onde passara dias em brigas e discussões infindáveis e que lhe fizera uma espécie de sangria d'alma nos exercícios da ira. A meia face do prior se colava junto à porta; padre Malvino saía rubro pela ofensa. Duclerc fechou as cortinas. Então principiou a descer o morro aos solavancos, sentindo o calor que vinha da terra e pressentindo a curiosidade que se formaria diante de sua viatura, lá embaixo.

*

Valeu-se Beleguina do estudante para entrar livremente no palácio do senhor bispo. Como o São Bento, o Colégio dos Jesuítas, bem se via a casa aprumada no alto do morro da Conceição. Era tão íngreme a subida que parecia o Calvário, mas, chegando perto, renques de laranjeiras se abriam, bananeiras festivas desfraldavam as folhas, e, no topo, a aridez se abrandava na alegria das plantações.

Enquanto Beleguina ia à frente, arrastava os passos Daniela, escoltada pelo estudante que, furtivo, tentava tomar-lhe a mão ou, mais furtivo ainda, de forma descuidada, conhecer a liberdade dos movimentos de Daniela pela aproximação dos passos e das pernas.

— Nhora mãe — disse Daniela —, que homem impossível é este! Com tantos vazios, só quer estar aconchegado!

Beleguina, porém, tinha uma ideia muito bem plantada. O estudante seria o frango posto debaixo do balaio, isto é, aquela possibilidade menor, da qual se lança mão quando a ave maior e mais apetecível voa para longe. Por isso não fez conta das queixas de Daniela, mas, sem dúvida, estas contiveram um pouco a sofreguidão do moço.

Estava o senhor bispo comendo a sua coalhada na sala fresca, aberta para o ar da tarde e resguardada de qualquer olho mais curioso por tirinhas de embira. Em cima da mesa havia canjica, melado ainda cheiroso dos tachos das vizinhanças da cidade, broas de fubá e uma pirâmide de ovos duros. O senhor bispo era frugal em suas refeições — todos diziam isso, pois preferia o leite, os ovos, o melado e as broas às carnes e às gorduras dos ensopados comuns. A frugalidade proporcionava pequenina parte do prestígio de santidade de que gozava. Tinha ele o costume de receber pessoas a qualquer hora e, quando comia, recepcionava sempre de costas, pois os visitantes sentavam a um longo banco, que ficava encostado à parede de mosaicos sagrados, uma delas apresentando o batismo de Nosso Senhor. Perguntou Daniela em voz baixa:

— Nhora mãe, por que não podemos ver a face do senhor bispo?

— Porque comer e mastigar é uma necessidade indecente para um homem que deve ser modesto também nisso.

Mas aqueles ombros pensos, a nuca de cabelos ralos e os cotovelos meio rústicos deixaram de fazer os movimentos regulares da mão que leva à boca e do engolir prazenteiro da boa coalhada. Um padrezinho nervoso entrou na sala e disse qualquer coisa em voz baixa. O bispo afastou o prato e alterou a voz:

— Dizei às senhoras donas que estou muito enfadado; é só.

Estava enfadado, sim, o senhor bispo, tanto que deixou de comer e se voltou rapidamente com a cadeira, enfrentando o estudante com suas maneiras mui antigas:

— Que quereis de mim, dom donzel?

O jovem baixou-se, beijou a mão com leve cheiro de calda de açúcar. Fitou a face magra e devastada, os olhinhos azuis sob os cabelos arrepiados e parcos.

— Valho-me de vossa proteção para esta jovem que, na mudança das Senhoras Conversas para a Ajuda, passou pela grande dor de perder sua protetora, a irmã Maria Teresa...

Beleguina associou-se à explicação:

— Isso a pôs meio fora do juízo, e as devotas não mais a quiseram! Estou muito aflita com toda esta situação, pois que é inocente como uma criança que ainda não fez sete anos. Anda só pelas ruas, corre perigo...

O bispo, ao ouvir isso, ficou muitíssimo curioso. Estava a cidade carecendo cada vez mais de jovens inocentes, e a briga entre as damas que o tinham enfadado era pela simples razão de que ambas porfiavam na luta, que já durava alguns dias, para que suas filhas representassem o Anjo da Procissão da Semana Santa, que se preparava com muito cuidado. As virtudes das moças não eram mui garantidas, pois que de uma se dizia valer-se de um buraquinho no muro — espaço necessário para beijar o galante — e, de outra, que gostava de repetir histórias de fazer corar até mulheres casadas. (Esta, a filha de Gaspar Soares, mui entendida nesses enredos depois da convivência com o "prisioneiro".)

Vai por isso o santo homem, que era mui zangado nos sermões, mas justo no apreciar, chamou Daniela para perto:

— Anda cá, minha filha. Que se passa contigo?

Daniela caminhou; os outros voltaram a ocupar seus lugares, respeitosos. Mas, ao falar, viu a pequena que o coração lhe ia à boca e desapertou choro enorme.

— Calma, minha filha. Que mal te fizeram?

— Perdi irmã Maria Teresa — disse —, que me ensinava a pensar. Perturbada estou que não tenho mais sossego!

Isso foi murmurado entre soluços, e o bispo fê-la sentar-se junto, num banquinho, onde descansava os pés velhos e intumescidos. Tirou um lenço das profundezas da batina e fê-la assoar-se.

— Vou fazer com que te abriguem, pois as Conversas estão sendo muito boas nas ave-marias, mas pecam frequentemente contra a Caridade. — Daniela não entendeu. Ele prosseguiu:

— Mas, antes de que te abrigues novamente no Convento, vou dar-te uma incumbência: *serás o Anjo da Procissão.*

Beleguina não pôde conter-se:

— Ai, que honra, senhor bispo! Mas como pode ser Anjo quem não tem sequer com que se cubra? O senhor bispo terá reparado no vestido de minha filha?

— Reparei, reparei. Mas, se Deus veste seus anjos, a Igreja tem obrigação de vestir, também, os próprios...

O estudante ficou perturbado. Alguma coisa se quebrava dentro dele, num pressentimento. Não era ciúme. Respeitosamente, reverenciou o bispo:

— Faltam alguns dias para a procissão. As damas que porfiam pelo prêmio às filhas procurarão, decerto, diminuir o mérito de Daniela. Haverá guerra... E ela não tem nem pai, nem irmão...

A menina entregava o lenço ao bispo. Ele prosseguiu, mas perguntando:

— Que poderão dizer desta inocente? Tão bela que Deus transparece em sua beleza! Que ignora tudo? Pois, dom donzel, ontem li um caso sobre um confessor do Reino a quem se apresentou mulher rica e letrada cujo marido estava nas Índias. Ao pedir a senhora que lhe desse confissão, respondeu ele: "Sabeis latim, tendes marido nas Índias, voltai outro dia, que hoje estou *muito de pressa*"...

Nem mesmo o estudante absorveu a história contra as letradas e sua consequente aplicação a Daniela. Despedidos os visitantes, o bispo voltou à sua mesa, onde comeu ainda um bocadinho da deliciosa broa e, em seguida, fez o sinal da cruz.

*

Era imponente a casa e avançava em ponta como uma nau; tinha três andares e estava fresca de cal e de limpeza. Diante dela, parou a liteira de Duclerc, e os soldados que compunham a guarda fizeram um espesso corredor para que por ele pudesse transitar o prisioneiro. O tenente, que conosco habitou no trapiche, estava à soleira e de má catadura:

— Empurra a gentalha! — gritou ao soldado que estava mais perto.

Este se deslocou do aperto e enfiou o mosquete atravessado, barrando curiosos e imprecantes. Um velho juntou saliva suficiente para silvar o longo protesto molhado por cima dos militares. Duclerc voltou-se zombeteiro, e uma mulher se zangou com o ancião:

— Trata melhor o prisioneiro de guerra!

Percebeu Duclerc, num relance, o apoio da mulher e bateu com a cabeça em gentil agradecimento, mas, do outro lado, vaias estouraram e risos sarcásticos se fizeram ouvir, enquanto a farândola de Duclerc ganhava a antessala e depois o largo salão fechado por rótulas envernizadas de novo. Na extremidade da peça se via mesa redonda com um grupo a pender sobre jogo de dados. Levantou-se uma cabeçorra: era De Boiron. Jogava o oficial com dois soldados; estes se perfilaram ao ver entrar o tenente.

— Podeis montar guarda lá fora — disse-lhes. — Não careceis entrar nesta casa, onde, de acordo com a vontade de dom Francisco, nossos *prisioneiros* terão a maior liberdade.

De Boiron, risonho e picado dos mosquitos que o haviam assaltado nos Beneditinos, de tal modo que sua face se intumescera, abriu os braços e, cômico, fez menção de beijar Duclerc:

— *Pardon, monsieur* [Desculpe-me, senhor].

Ficou Duclerc seco e reservado enquanto o tenente mostrava a nova moradia, delícia que ele pretendera tomar para consolo de desterrado do Reino e agora se transmudava na prisão dos chefes franceses. Mostrou o quarto, cuja janela se abria, exatamente como houvera anunciado o prior do São Bento, para o cemitério encostado ao pé da pequena igreja da Candelária e tendo rente um grande cruzeiro de pedras.

— Vossos mortos não estão aqui — disse-lhe o tenente —, poupai vossa emoção.

A cama imponente e negra, fechada por cortinas carmesins, chamou especial atenção de Duclerc. O dono da casa riu desdenhoso:

— Com este calor, tirareis vossos panos das naus francesas hoje mesmo!

Duclerc saltou como um gato por sobre o leito, correu lépido o cortinado, depois avançou meia face pela abertura das sedas:

— *Je vous promets des beaux songes...* [Prometo que terás bons sonhos...]

Fechou a cortina, enquanto o tenente descia e chamava os numerosos escravos que vinham chegando da extensa cozinha já enegrecida, situada além do pátio, dizendo:

— Servi-me a janta *antes*! Sempre antes dos franceses! Passarei por aqui a comer e vigiar. — (Eram bem boas as vantagens que tinha o senhor tenente em troca de sua casa. Quinhentos mil-réis pagos pelos franceses e mais a comidinha posta na mesa, antes dos novos amos.) Confortou o tenente o estômago com deliciosa buchada, servida em terrina fumegante, besuntada de gordura rica, e acalmou o coração tristonho pelos reveses da vitória, que lhe impingiam algumas poucas humilhações. Serviu-se prazerosamente diante do grande De Boiron, que esperava — pensava ele — como um canzarrão de língua a pingar fome.

Quando o tenente, abrindo os três últimos botões da véstia, arrotou e deixou o salão, atravessando a antessala e chegando à porta guardada por dez soldados, topou com a liteira mais famosa da cidade. Um escravo amparou dona Inês. Ela saltou toda vestida de negro. Um dos soldados abriu a porta, e alguém, do outro lado da rua, abismou o pensamento naquela chegada.

*

Quando baixava a fresca da noite, a dama entrou novamente na liteira; um soldado empurrou certa pequena impaciente que à força queria dizer qualquer coisa. Era Daniela. Fazendo muito esforço por meditar, porfiava agora atrás de dona Inês, que a houvera posto no trapiche quando não tinham para onde ir.

A cabeça, alçada no longo pescoço torneado da dama, pendeu graciosa para fora da liteira. Dona Inês fez sinal ao soldado para que não impedisse mais a menina. Como esta lhe dissesse coisas mui difíceis de entender, dona Inês abriu a bolsa e lhe deu algumas moedas. Feito isso, puxou a cortina e se pôs a caminho.

Daniela ficou com as moedas quentes na mão. Entregaria o dinheiro a Luisita? Decerto. Pois esta não reclamava tanto por dinheiro? Talvez a guarda deixasse Luisita sair para se pôr a serviço do general dos franceses e então, *talvez* — como lhe doía a cabeça de tanto *talvez* encadeado! —, a menina Luisita pudesse ensinar o rumo da rosa de irmã Maria Teresa.

Lá no alto de uma janela do grande sobrado, agora na cidade já chamado o dos franceses, um homem de enorme cabeça fofa observava com infinito interesse os movimentos da pequena criatura que escapava pela rua com moedas na mão. A face aureolada de cabelos crespos a perseguia, do alto, até que a menina se perdesse no meio dos pregões de rua, dos mendigos, dos senhores que avançavam em suas cadeirinhas, enquanto negros prestimosos davam chicotadas nos moleques para abrir caminho.

Capítulo 14

E assim era: um resto de casa

Protegido por um flamante para-sol, que o escravo de fardamento branco e curtas polainas vermelhas levantava sobre sua cabeça, dom Francisco atravessou a rua e chegou ao portão da cunhada. Havia ao pé do muro um açodamento entre os ambulantes que vendiam aluá e pamonha, as negras que expunham a canjica e o gergelim: lá de dentro, duas mucamas saudáveis, entradas em banha, estremeciam ao peso da reluzente bacia de cobre do banho de dona Inês. O governador achou que seria ferir um pouco a autoridade o chegar no próprio instante em que saísse o banho. O passo refreado, viu, de longe, a cena: os vendedores sufocavam os pregões; levantavam-se de suas banquetas as negras, enquanto papalvos diminuíam o andar para assistir ao grande espetáculo da cidade. As mucamas entornavam o líquido perfumado, que abriu um riozinho alegre na sujeira das pedras. Alguém, que não o senhor governador, alargou as narinas e farejou o ar tanto quanto o cavalo que aspira ao longe uma batalha: para esse passante, se insinuava na água, que conhecera a nudez da senhora, algum cheiro não provindo dos capins da terra. Deveria ter sido aroma trazido pelo cozinheiro francês — ou, quem sabe, a ela chegado em hierarquia superior.

Quatro horas soaram no fraco sininho da Candelária. O governador enfrentou a curta caminhada com seu passo mais lépido, e o pequeno escravo com esforço a ele se agregou, para que a armação do para-sol não tocasse no sopé da governança.

O governador encontrou Inês já vestida de negro, os cabelos soltos, como usava sempre em casa, e ela o recebeu na compostura que se ia avizinhando bem depressa da antipatia:

— Disseram-me, senhora, que estivestes na Casa dos Franceses, é verdade?

— E por que não haveria de estar? — E Inês ajeitou os coxins às ancas do cunhado.

Dom Francisco tomou firme a mão no voo de presa do gesto:

— Pois, desde que monsieur Duclerc esteja curado, agora havereis de dar muito assunto à cidade.

A mão na mão do cunhado, ela o fitou duramente:

— Passaste-me a rédea; disseste-me que fosse e agora para que não vá. Posso saber por que tão grande mudança? Estás de brincos? — (O "tu" era sinal de que Inês se aborrecia.)

— Tenho recebido cartas insultuosas. Cabe-me, também, o primeiro lugar no zelo à honra da família.

Inês riu vermelho para ele. Havia chupado amoras depois do banho, e a boca aparecia fluida de sangue jovem entre os dentes um tanto agudos e brancos. Dom Francisco cismou rápido na costumeira boca desguarnecida de sua mulher ou plena de paninhos e bem fechada das ocasiões festivas.

— Está agora o mano a ter os mesmos vexames de Gregório. Para alguma coisa vale morrer — disse ela, pensativa.

Dom Francisco deixou aquele enleio da conversa tão íntima. Levantou-se, viu espiando perto do pátio a face amarelenta e triste da pequenina mucama de Inês. Falou baixo:

— Os jesuítas devolveram-me alguns cartões que Duclerc tentou fazer chegar à vossa casa. Não eram como o primeiro. Eram muito mais...

— Atrevidos?...

— Ainda bem que ajudais nesta difícil conversa. E não apenas os jesuítas fizeram chegar às minhas mãos o atrevimento do prisioneiro, recebi também cartas de outras procedências completamente...

— Reprováveis... não é isso? Ainda continuo a pensar que cabe alguma vantagem a quem partiu deste mundo. Gregório passou sempre por isto tudo e... pobre dele!... com imensa dor, o que não é o caso do senhor meu cunhado, que me pediu, expressamente, para que visitasse e o informasse a respeito do prisioneiro...

Com volubilidade, dom Francisco perguntou:

— Alguma informação?

— Nenhuma, a não ser a continuação do que já sabeis por intermédio de vosso espia Du Bocage: os franceses aguardam nova expedição...

*

Pois logo se soube que as moedas que esquentavam ao calor da mãozinha de Daniela abririam as portas da cadeia, naqueles dias de muito desapertar a severidade dos carcereiros. As *carcaças* murmuravam que Luisita fora tirada mor de insubordinação para outro calabouço. Pensou também assim a moça; mas eis que se vê em sala vazia, e seu carcereiro — o homem mais encalorado da cidade — a empurrar-lhe roupas e mantilhas, tiradas de uma dama nobre que ali viera ter, vestimentas que deveriam apagar-lhe o contorno. Disse-lhe o guarda, de calor tão desesperado e descomposto em suas pesadas vestes, que fazia a concessão sob aguda simpatia... Esta existia e fora tão comprovada quanto a realidade das moedas que Daniela lhe pôs à mão. Saiu, portanto, Luisita, de mantilha à meia cara, e foi aos encontrões dos muitos senhores que subiam para as alturas da sala, em assembleia constante. Misturou-se à gente de escuras e longas capas e se sentiu, sob o vento, um pouco tremida de pernas. Estava já bastante pálida pela falta de sol.

Agora iria procurar monsieur Duclerc, pois teria de ajustar sua condição de prisioneira. Não levaria muito tempo solta se se pusesse simplesmente à fresca, sem maiores cuidados.

Daniela esperava, e Luisita não teve nenhum gosto na companhia daquela tola que lhe obtivera a liberdade. Mais dia, menos dia, pensava, seria ela obtida do guarda que a preferira entre todas as albergadas de sua chave. *Trato é trato*, no entanto. Luisita conduziu simplesmente a menina aonde estaria certamente o senhor De Boiron, pois toda a cadeia soubera que os principais franceses moravam agora numa das mais bonitas casas da cidade, à vista da Candelária.

— Já lá estive! — disse Daniela. — E foi à porta que dona Inês entregou as moedas.

— Sim? Então é verdade que a cunhada do governador dá seus passeios?... Já não mais para atender os doentes...

Não foi tão simples quanto Luisita supunha a entrada na Casa dos Franceses. Os soldados pareciam bem mais ativos e exigentes do que os da prisão. Esperaram as duas, depois de ter tentado Luisita, com muitos artifícios, a permissão. Já haviam passado umas duas horas — e um rebuliço se fez entre os soldados abarrigados ou acorcundados que, de pronto, passaram à linha reta. Era o tenente que surgia.

— Valha-nos Deus — disse Daniela —, lá está o homem que esperava as naus de *Mociu*! E tantos ralhos nos fez!

O tenente inspecionou seus comandados e ele mesmo, feito isso, deu recreio ao ventre e às espáduas e se despachou molemente pela rua.

Luisita tomou-lhe a frente. Daniela a viu falar, falar, falar. Primeiro, estava inquieto o tenente; em seguida, levemente atento. Voltou, depois, rosto, corpo e atenção para a menina Luisita, a quem, por fim, amparou gentilmente pelo braço e fez entrar.

*

E assim era: um resto de casa, nada mais que despojos de casa mui antiga rodeada de plantações que persistiam, tumultuadas por matinhos.

Dizia-se que ali habitava a alma penada de um marido mui enganado que, depois de morto, desconfiava dos vivos e lhes aparecia de boné de dormir, terço na mão, olho suspeitoso, boca vazia e negra a perguntar sem ter fim e a bater com o duro e gélido rosário na testa dos assombrados. Nessa casa tão antiga do Desterro, primeiro ousaram os rufiões e as tratadoras de escravas, que para ali mandavam a arraia miúda da freguesia. Depois, descoberto o sítio por Bento do Amaral e julgado não suspeitoso para encontros de tratos sérios e repensados, principiou a funcionar ali pequena assembleia de estudantes; artífices, agregados de famílias abastadas ou ainda postos a pequeno soldo, mas frequentando todos os pátios dos colégios, de onde lhes vinha algum saber e às vezes um tanto de filosofia ou poesia.

Em raras ocasiões, Bento do Amaral se reunia a seus comandados nesse lugar ermo, onde velhos tachos continham terra e capim, depois de terem sido fumegantes recipientes do cheiroso melado. Às vezes os estudantes ficavam rememorando, ternamente solidários, aqueles que haviam sido postos ao chão na defesa da trincheira de um governador não havido; outras, alguém cantava — também se reuniam para cantar —, e o nosso estudante, num desses últimos encontros, bem se perguntava de quem era aquela toada tão impressionante da *cidade inocente*? Quem houvera composto os versos? Já ninguém mais se lembrava, e, no entanto, a cantiga hoje mesmo reboara pelo sino da Sé:

> "Ci-da-de i-no-cen-te e for-te."

Como fizesse o povo sempre muitas críticas ao senhor governador — O Vaca —, estendia ao grupo o apelido: aqueles são os da *vaquinha*. Formaram a *vaquinha*.

Longe, na cidade, havia sobre Bento do Amaral infindável controvérsia. Diziam uns que se fiassem nele; outros que não, e sustentavam que até de nome mudara. Um episódio ainda não fora devidamente esclarecido para os habitantes de São Sebastião do Rio de Janeiro. Jurara Bento pela Santíssima Trindade, faltara a seu juramento e passara a fio de espada trezentos paulistas nas Minas Gerais. Os que o amavam, sem nele ver defeito, eram os jovens: “Que os paulistas não reconheciam nem rei, nem lei”, diziam. Alguns chegavam a negar simplesmente a acusação: outros procuravam ver nela uma forma do poder aterrador de Bento do Amaral. Para esses moços, o que apontavam como erro seria até elogio, como se Bento, sozinho, valesse uma guerra. Estavam, pois, todos eles ali reunidos. Em tempos aventurosos, em que não havia fronteira demarcada entre o herói e o renegado, ouviam ávidos os moços o que lhes dizia aquele homem bem mais velho, que trazia de sua vida — pelas funduras dos sertões — hábitos e roupas estranhas. Os cabelos crespos, grosseiro de jeito, tratava sempre com ânimo os assuntos.

— Vejam vosmecês a que chegamos. A insegurança anda pelas ruas, pois a vaidade do governador não o deixou compreender que não podia a cidade abrigar tantos prisioneiros! Só agora é que, mor de meu empenho, conseguimos fazer com que se despache parte dos franceses para a Bahia! E haja demora em papéis de cá para lá!

Um moço, desses que não seguram a língua por muito tempo, cortou a fala de Bento do Amaral:

— Logo agorinha, antes de subir, estive com Du Bocage...

Bento do Amaral ficou pálido:

— E falas tu, rapaz, nestas coisas em aberto?

O outro calou-se.

Bento como que voltou a si. Estava sentado num resto de muro, e a reunião se fazia em torno de mesa velha, ao claro de uma lanterna que atraía os insetos.

— O que disse nosso companheiro... *já que ele disse*... deve ser mantido sob segredo. Du Bocage, metido em fardamento de francês morto no trapiche, se fez passar por um pobre-diabo prisioneiro. Entre mais de mil pessoas, não se guardam os rostos todos. E o certo é que *eles esperam*. Muitos franceses o fazem com jactância; pois dizem que estarão às ordens do invasor mais cedo do que se pensa. Que saiam, pois, os prisioneiros, o quanto antes. O governador prepara as festas, mas sabemos que outros franceses... com forças maiores...

estudam a carta de nossa cidade. E esses prisioneiros lhes serão *razão e utilidade.*

Um grito, parecia. Assustaram-se os moços, nos escombros guardados por almas penadas. Era o uivo de um cachorro-do-mato. Em breve, deslizaram ariscas orelhas de pelo ralo e claro, e atravessou por ali, frechando pelas ruínas da casa, uma fêmea acudindo ao apelo do macho aflito nas profundezas da noite. Um moço riu pesado. Bento do Amaral zangou-se; depois riu também e acalmou a zanga.

*

Na Casa dos Franceses, Luisita, que despachara o serviço, pois mucamas e cozinheiros, em não compreendendo a fala, fingiam também ignorar suas funções, acabou a arrumação de muito mau humor. O tenente, que fiscalizava as andanças da moça, recebeu de supetão a visita do ordenança do governador.

Aproveitou-se Luisita para fazer uma reverência de pernas cansadas, interrompida a meio:

— Senhor tenente, pode ver se está tudo do seu agrado.

Mas foi aquele mesmo ordenança, terceiro debuxo da própria figura que já dera Francisco e Gregório, que respondeu:

— Lembra-te de que estás aqui graças à generosidade de dom Francisco. Fiou-se ele no pedido do senhor tenente para que haja mais ordem na casa... desde que sabes o francês... e que também poderás, de boa índole, prestar outros serviços.

Luisita, com desdém, esbofeteou a almofada que deveria servir de ninho à cabeça de seu feliz dono, mas na qual então costumava Duclerc afundar a cabeleira rija.

— Não há calabouços suficientes nesta cidade — disse Luisita, agora já de mãos à cintura. — O senhor dom Francisco deve reconhecer que não providenciou lugar para seus prisioneiros. A mim, que sou donzela e educada, bem me coube partilhar as grades com as mais infames carcaças desta cidade!

O tenente como que se divertia:

— Estás sob minha guarda, tens comida bastante e trabalhas muito pouco.

Luisita olhou para cima, aparentando cautela:

— Senhor ordenança, ouvi dizer que vamos para o Reino, onde seremos trocados por outros prisioneiros do rei de França! Não é disso que se cuida?

O ordenança teve a expressão de quem leva grande susto.

— Esta cidade sempre falou demais. Dom Francisco disse que embarcará alguns franceses para a Bahia, pois para manter tantos prisioneiros...

Como bafejo límpido, sons vieram de muito longe. Dedilhavam-se tambores finos. O ordenança perguntou, também com o cuidado de pesquisar para os altos da casa:

— Dom Francisco quer saber quantos soldados estão à guarda.

O tenente não se pejava de má catadura. Com impaciência, respondeu:

— Tenho dez, mas hoje conto apenas com cinco homens, pois todos reclamam ser tempo de festa.

Atravessando o pátio, o descosido e bambo cozinheiro e mais duas mucamas, muito louçãs, ouvindo a palavra "festa", vieram pisa-mansinho. O tenente os despachou, crescendo em impaciência, e depois falou:

— Pela segurança do general francês, não arriscarei minha cabeça! No meio de tantas alegrias, ainda há quem chore pelos mortos.

O ordenança esfregou as mãos, como alguém que se apresta em servir um jantar delicioso:

— Pois, senhor tenente, direis vossa queixa ao próprio governador!

Voltou-se, autoritário, para Luisita:

— E tu, tens em mente *que és, também, prisioneira*?

— Passei à negra, não esquecerei de tanta generosidade.

O ordenança fez uma continência ao tenente e saiu. E foi então que a menina Luisita se fez confidente:

— Vosmecê, senhor tenente, deve ser muito grato aos

franceses. Graças a eles, a grande vida e a bela casa abarrotada de preciosas compras do general Duclerc...

Luisita ria, maldosa, esfregando as tábuas da mesa.

— A famosa frota que monsieur Duclerc esperava! Os dois navios vendidos; roupas luxuosas e os prisioneiros agora se acham com dinheiro... para comprar favores e hospedagem, em vez de irem todos para a cadeia. Se eu tivesse dinheiro, teria uma negra a meu serviço e, quem sabe, até um tenente às minhas ordens.

— Não te esqueças, menina, de que quase o tiveste, apenas com tuas mansas palavrinhas que soavam há dias, lá fora, bem diferentes. Se continuas com teus motejos, pedirei ao senhor governador que te transfira daqui para onde quiser.

A moça parou o trabalho, esquecida da própria revolta. Ao longe, ouviam-se tocadores de berimbau e alguém cantava. Depois, próximo, sucedeu um *muuu* eloquente.

— Senhor tenente — acudiu a moça animada —, o senhor governador está chegando!

E então, lá da porta, estrondou a voz da guarda:

— O senhor governador Francisco de Castro Morais!

Luisita alisou o penteado, puxou a saia. Respeitosamente se perfilava o tenente. Entrava o governador. A moça procurava conter-se, mas prosseguia sorrindo e, extremamente maliciosa, fez uma reverência:

— Já me haviam anunciado vossa honrosa presença!

Mas o governador não tinha nem olhos, nem graça para dar àquela maria descalça. Olhou meio perdido para tudo que estava em torno e disse ao tenente:

— Aqui estou para ver se sua casa tem condições de abrigar tão inquietos franceses!

— Pois, senhor governador, já disse a vosso ordenança e afilhado que, dos dez homens escalados para a guarda, apenas cinco estão hoje aqui de serviço!

Chegou o governador à margem do alpendre e espiou entre as frescas tábuas. Em seguida, vagueou pela cozinha. Voltou.

— Quando passarem estas festas, teremos mais ordem. O povo quer divertir-se, e é justo. Além do mais — disse ele, aproximando-se com uma sorte de vinho na palavra espevitada —, se o "francês" sair por aí afora, não terá muito tempo de vida. Até ele próprio, segundo se sabe, deseja ficar tranquilo...

Luisita, a que nem fora notada, rodopiou saia e avental e impulsionou sua altiva pessoa para que, afinal, a governança tomasse dela ciência:

— Senhor dom Francisco, seriamente pensas que *monsieur Duclerc deseja ter tranquilidade nesta casa?*

— Que queres dizer?

A moça vestiu modéstia, mas por modesta que fosse não deixou de dizer:

— Todos sabem que os jesuítas não o quiseram porque mandava recado às damas honradas da cidade! — Nela falava um certo orgulho mal disfarçado: — Nem bem aportou aqui e farejou aventuras!

O governador deixou cair o lábio bambo, empalideceu:

— Não fales sem que te dirijam a palavra. Estás aqui para cuidar de monsieur Duclerc...

Safou-se Luisita para a cozinha, e o governador moeu uma explicação para o tenente:

— Eu permiti que dona Inês viesse... se bem que para ela fosse este um grande sacrifício... continuar a tratar de um ferimento que não encontrou cirurgiões e enfermeiros que o quisessem.

— A senhora dona Inês é pessoa de muitas virtudes cristãs, e nosso governador é sempre generoso.

Músicas estrondavam mais perto.

— Em caso de qualquer perturbação, vosmecê mande logo um aviso! — concluiu o governador.

*

Um agrado à escassa guarda da casa — copos de vinho por ela espalhados —, um chamado do tenente à despensa e à cozinha, onde, segundo Luisita, reservas de compotas, de especiarias, de chá das Índias estariam sendo misteriosamente desviados, e, na sala morna abandonada, irrompeu Daniela, que foi levada pela mão ao quarto de De Boiron.

Pelo caminho, enquanto Daniela, sem ter nenhuma ciência do perigo que corria, grimpava animosa, rubra, pela escada, depois de ter perguntado pela décima vez "Achas então que ele me entregará a flor?", Luisita, num de seus repentes, não pôde deixar de ripostar:

— Pois, se ele não te der, darás a tua, ora pois!

Agora, estavam já na segunda escada — a que levava aos aposentos de De Boiron, bem longe dos ruídos dos escravos. Daniela confidenciou:

— O senhor bispo me escolheu para Anjo da Procissão...

Embora Luisita tivesse o vivo sentimento do perigo que corria, agradava a seu espírito a intriga que Daniela vinha oferecer com sua cândida obstinação.

— Então o senhor bispo te nomeou seu Anjo? E quem lhe pôs na cabeça tão grande ideia?

— Aquele estudante...

— Ah, sim, o estudante.

Daniela foi posta, então, a sentar-se nos degraus da escada, e a outra usufruiu o prazer da conversa.

— Quando nhora mãe esteve doente, ele vinha todos os dias...

— Não sabia... Então é assim tão delicado a Beleguina? Bom coração tem ele!

Daniela não atentava no interesse que aquilo poderia ter para Luisita. Apressava-se:

— Depois da procissão, vou entregar a rosa de ouro à Nossa Senhora do Rosário!

Aquilo vinha sempre como um cantochão à boca de Daniela. Luisita, que queria usufruir do divertimento incluído naquela historieta do estudante, não viu que, lá do fundo do corredor todo composto de esteiras pintadas, vinha vindo De Boiron.

Quando o percebeu, ele já estava perto. Levantaram-se as duas.

De Boiron resplandeceu. Dir-se-ia que de sua cabeça nascera a auréola de um sol feliz.

— *Mademoiselle!* [Senhorita!]

Com certa conivência de senhor para lacaio, bateu ele, ligeiramente, no ombro de Luisita:

— Eu... fui eu que a convidei...

— Sim, bem me lembro, monsieur De Boiron. Há dias que lhe transmiti o convite.

Luisita, degustando a cena, bem se precipitou para os baixos da casa, onde ia ajudar o tenente na apuração das furtadelas havidas em sua farta despensa.

Daniela pôs os olhos compridos e súplices em De Boiron e repetiu aquilo que era sua força e seu motivo de vida até:

— Vim buscar a rosa de ouro de irmã Maria Teresa. Luisita disse que *vosmecê prometeu*!

— *Je vous en prie* [Por favor]. — E De Boiron mostrou o caminho do quarto.

Parecia interminável aquele corredor. Enfim, a mão chata e forte levantou a tramela da porta.

Daniela, sem saber como, recordou a cela de irmã Maria Teresa. Havia ali mansidão: tudo estava arrumado, e a roupa cheirava como o bercinho do Menino Jesus. Estava tranquila e doce:

— Onde está a rosa?

— *Ici, ma petite.* [Aqui, minha querida.]

Fê-la despir a capa, e a menina foi dizendo:

— Quero ver se não me enganas; quero ver a rosa!

De Boiron, quase com ternura, tirou a rosa de sua roupa. E Daniela a teve enfim presa à mão e a beijou com fervor e delícia. O pranto desceu de seus olhos maravilhados e, apertando a mão ao peito, achegou-se àquele passado que fora sua fortuna e sua luz. Chorou todas as lágrimas da infância, sendo mulher. Lágrimas de criança que só os inocentes podem derramar.

— *C'est la guerra, ma petit.* [É a guerra, minha querida.]

De Boiron, fazendo com que Daniela se voltasse, tirou-lhe a rosa, colocando-a dentro do vestido.

— Ela trazia assim a rosa no vestido... — aproximou a mão do decote — ... e tinha também o Menino Jesus nos braços. — Beijou o decote de Daniela e, repentinamente, tomou a rosa como num jogo, rindo alto.

— Mas vosmecê me deu a rosa!

Ele estudava aquela figurinha pura e simples que lhe trazia a graça dos seres intocados. Entre as mulheres que preferia estavam essas dóceis meninas, capazes de não compreender o dom de suas pessoas. Como orgulho, só aceitava o próprio:

— É muito simples. Eu te dou a rosa se fores bem gentil.

Capítulo 15

Domingo da Paixão

Eram grandes os preparativos para a Semana da Paixão. Compunham os auxiliares de Januário as vestimentas que seriam famosas na procissão da glória de Jesus entrando em Jerusalém; faziam trajes de centuriões, bordavam o manto da Virgem, esse para a Procissão do Encontro. Contígua à pequena loja, trabalhava a mestra de corte; homens e mulheres lidavam com tecidos vistosos, trocados por peruleiros, um deles, brocado de ouro puro a ser usado pelo Anjo da Cidade, encomenda pessoal do senhor bispo. Em cada casa de pobre ou de rico se punham ao sol hábitos das irmandades ou vestidos de festa. Ao léu do vento, dançavam já ao sol vestes roxas ou negras dos farricocos.

Enquanto puxavam a agulha, cantavam baixo "Cidade inocente". Mestre Januário era o ausente que pesava nesses preparativos como um mago. "Mestre Januário cortava o pano assim; não assim." "Mestre Januário dizia que as fardas dos centuriões romanos não levam botas, ora pois."

Na mesma rua, rente a um oratório, onde à noite as famílias puxavam o terço da Quaresma e onde — livre-nos Deus! — começavam a aparecer bruxarias de uma cidade que fazia festas, a capitã, embora lá no fundo da alma tivesse pressentimentos, abriu pela primeira vez a janela da casa. Já não era mais aquela figura tão bela de potrinho viçoso — descorou, madurou, envelheceu.

Abriu a janela como se abrem muitas dessas misteriosas, veladas janelas, atrás de cujas rótulas as mulheres espiavam; mas às quais nenhuma chegava, sob pena de escândalo em dias comuns.

A capitã escancarou a sua e enfeitou a sacada como se enfeitavam as demais da rua. Pôs nela a bandeira francesa que colheu no trapiche. Nem o capitão de cavalaria, que sucedeu a Da Silva, conseguiria arrebatar-lhe o troféu. Atirou-se vivo, para fora do muro, o pedaço movente e sofrido de pólvora. Lá embaixo, os passantes olhavam aquela única bandeira francesa entre as "sete tomadas para o desfile" que ficara às mãos de uma viúva, como corpo e alma de um capitão em breve sumido, nesses dias de tumulto, fé e festas.

*

Quando De Boiron, tomando a mãozinha de Daniela, esboçou um gesto de carinho no próprio rosto, a menina reagiu:

— Não; vosmecê é um incréu! — Fez o sinal da cruz e se afastou de De Boiron: — Nhora mãe disse que vosmecê tem parte com o demo. — Levou a mão à boca e pediu luz à própria cabeça. Fulgurantemente, a frase de irmã Maria Teresa acudiu, na lição sobre o pecado: "Lembra-te: no começo faz rir, depois...".

Ela não sentia vontade de rir, não estava gozando nenhuma alegria perigosa, portanto não estaria em tentação.

Para melhor raciocinar, voltara o rosto contra a parede; ao retornar, viu que De Boiron, no outro lado do leito, acenava com a rosa de ouro na mão, como quem oferece um confeito a uma criança.

Apesar de tudo, a palavra lhe veio contrária ao pensamento, uma palavra de sua natureza, não de sua ideia:

— Não.

De Boiron, por fim cansado daquele jogo inútil, colocou a rosa em cima de uma pequena mesa. Tomou Daniela pelo pulso:

— Mas isto é ridículo. É absolutamente indispensável que sejas gentil comigo. Muito simples... senão não terás a rosa!

No canto da cama enorme, a ensolarada cabeça de De Boiron e o riso grosso. Daniela sentou à beira do leito. Não tinha vontade de rir, como aquele homem. De acordo com a irmã Maria Teresa, devia estar segura contra o pecado. Então, a face extraordinariamente animada se deslocou da pesada cobertura, a mão avançou para a sua, palpitando como bicho apressado.

Beijou-lhe a mão, sentindo o novo, o tenro daquele pulso, metendo o nariz na fundura da palma que se quer fechar; o nariz que penetrou aquele todo em delícia e foi passando e repassando na úmida palma nervosa.

E, puxada a mãozinha, veio empós a dona, e ela caiu ao comprido na cama, rente ao grande corpo.

Mais uma vez a carne estremeceu contra o pensamento, e ela sentiu um pânico animal. Ele agarrou os ombros frágeis.

— *Voilà, voilà!* Assim eu dou a rosa!

— Tu me dás a rosa, juras?!

— Te-dou-a-ro-sa, contanto que me faças carinhos.

Daniela havia readquirido a pulsação normal. Sentou-se no leito e falou, a mão segurando a boca, com certa dificuldade:

— Eu... não sei fazer carinhos. Vosmecê quer um cafuné?

Era um homem, o monstro homem, aquele que fazia tremer de medo ou rebentar histórias façanhudas de riscos e de aventuras no meio das *encostadas*. Mas aquele enorme ser, já agora, passado o susto, não lhe dava nem mesmo constrangimento; aquele tão especial que o estudante lhe punha pelo corpo todo, quando a ela se achegava mais açodado.

— *Qu'est-que-c'est le* cafuné*?* [O que é cafuné?]

Centelha houve de sorriso em Daniela. E a chama aqueceu todo o quarto. A mãozinha polpuda avançou pelos cabelos de De Boiron. Ele afastou um tanto a cabeleira, e o sorriso da menina aumentou vendo-lhe os fios negros, enquanto os dedos enfiavam pelos caminhos profundos e as pontas se lhe untavam de óleo. Daniela coçou-lhe assim a testa, avançou mais e mais. De Boiron abriu os braços:

— Mas... isto é novo!... *Oh! que c'est bon... le* ca... fu... né. [Ah! Isso é bom... o cafuné...]

Mais e mais vergado o corpo, Daniela aprofundou a mãozinha nos cabelos de De Boiron enquanto punha um olho só na rosa de ouro, que se gritava em fulgores em cima da mesa. Distraía-se um instante; mas o francês apanhava a mão e a levava, novamente, a passear pela cabeça, gemendo em sensualidade.

*

O tenente veio com Luisita da despensa, onde foi comprovada a acusação. Mostrou-se grato. Ela parecia outra:

— Hoje servirei ao senhor tenente um lindo assado.

— É a primeira vez que me tratas como o dono da casa. Estás diferente.

Luisita não pôde deixar de suspirar:

— É o tempo. Haverá a festa de Domingo de Ramos, uma grande procissão. Eu sou nova, ainda...

O tenente fê-la debruçar-se para que lhe calçasse as botas. Naquela atitude da moça, havia certo gosto para ele.

— Na Cidade de São Sebastião do Rio de Janeiro há procissões demais. Sempre houve grandes cerimônias na Paixão... Mas Domingo de Ramos!

— Hoje vai ser diferente — disse Luisita, nostálgica. — Vai haver uma procissão de grandes palmas. Sairá para a Sé, com cavaleiros à frente tão ricamente vestidos que levarão bordados de ouro puro... Como nas festas da vitória do ano passado.

O tenente espichou as longas pernas. Não era uma escrava negra, era moça branca, de pescoço delgado e modos de gente rica, que lhe houvera calçado os pés sofridos de calor. Agora a tratava com a mesma petulância que Luisita tivera para com ele. Era bom.

— Deves saber que destes oito cavaleiros da vitória, que são a fina flor da cidade, só um levará a bandeira portuguesa, porque os outros levarão as tuas, as tuas bandeiras vencidas, em continência à vitória d'armas d'El-Rei!

Ele teve instantes de recolhimento em que se sentiu reconhecido para com Castro Morais, que tão bem se apropriara do triunfo de Nosso Senhor Jesus Cristo. As palmas do domingo seriam as da glória dos vencedores. Ainda bem que a festa possuía o mérito de exaltar o feito militar.

Luisita olhava impaciente para a escada. "Aquela estúpida seria bem capaz de aparecer de cara limpa a qualquer momento." Continuou a conversa cercando de amabilidades e supostos interesses o tenente.

— O senhor tenente, que é reinol, se esquece de que nasci nesta terra. Vosmecê viu pelo Reino algum carro triunfal? Desses cujas alturas vão para cima dos sobrados?

— Não sou homem para gostar de festas e procissões.

Luisita açulava a curiosidade do tenente:

— Se vosmecê for à procissão, verá lindas coisas. Seguirão, depois dos cavaleiros com bordados de ouro, as virgens carregando palmas e cantando a glória de Jerusalém e crianças pequeninas como anjos e apóstolos...

— Jerusalém, é claro, somos nós — respondeu ele, sempre mordaz.

— Nosso Senhor terá em seu séquito Santo Antônio e São Sebastião, pois que todos os santos e pessoas cantam o triunfo do Senhor...

— E o de El-Rei, naturalmente — concluiu o outro.

Luisita não se abatia; o essencial era conduzir o interesse do tenente.

— Haverá nesta procissão o Anjo da Cidade; isto é novo por aqui, pois que só vem à Sexta da Paixão, para cantar. — Desempenhava um grande papel e falava como se personificasse a cidade inteira: — Sim, o Anjo da Cidade, vestido em capricho pelo senhor bispo, e, em seguida à passagem de Nosso Senhor, um mar de povo, pois virão todas as irmandades com suas charolas. Haverá muita graça dos farricocos, e os penitentes prometem fazer correr um rio de sangue, um rio de sangue de flagelantes, dando graças à vitória...

— ... de El-Rei sobre os invasores! — Mas, de súbito, o tenente entrou novamente em sua realidade militar: — Vai haver uma salva real, e o foguetório é capaz de matar gente. Três soldados meus foram pelos ares... explodiram. Não de guerra, mas de festas dos santos de El-Rei no ano passado. Não me esqueci e tomarei cuidado.

Fingindo desfazer uma prega da longa toalha que cobria a mesa, Luisita concluiu:

— Não tive culpa de estar no trapiche nem de ser filha de francês!

O tenente percebeu o fio do enredo, mas o coração já estava adoçado:

— Que queres hoje de mim?

— Quase nada: que vosmecê me deixe assistir à festa. — Então houve uma extraordinária frase dita pelo tenente, uma fraqueza de homem que se agrada de mulher e diz mais do que pretende: — Teu general e teus companheiros me pediram favores quase iguais!

Luisita sentiu o coração bater:

— Também querem ir à festa? Vosmecê sabe muito bem que já há franceses passeando por aí, como se nada houvesse acontecido. E por que deverá haver mais rigor comigo?

Mudado ficou o rosto do tenente. Era uma face que brotava da outra, daquela alegre de havia pouco, quase envergonhada, uma face misteriosa:

— *Eles querem que a festa venha aqui.* Pelo visto, Luisita, não terás muito a perder da procissão ficando em casa com teus aliados. — E avançou uma notícia rara de sua própria benevolência. — Além disso, da sacada poderás assistir às festas da rua. Tenho a impressão de que deverás ver muito.

Luisita abriu o armário e principiou a pôr a mesa, excitada.

— Na cadeia, por algumas moedas, estão alugando soldados franceses. Em frente, todos sabem, há um camareiro que foi comerciante em Toulon; no fim da rua, um cozinheiro que é o marquês de Tréville, e a senhora do ilustre Gaspar Soares dá à sua menina um professor que, quando ensina *la jambe* [a perna], vai à perna da moça e aperta o que é. A própria dona Inês, já dizem todos, é capaz de entender e falar muita coisa da língua porque tomou, com a bênção do nosso general, o cozinheiro-chefe da expedição!

Uma vaga de tristeza acabrunhou o tenente: "Estranha cidade esta, onde se esquece tão depressa!".

— Acreditas que teus amigos franceses ainda tenham alguma esperança?

Quando o tenente terminava de perguntar, Luisita saiu para a cozinha. Houve um pequeno movimento além do pátio. A moça voltou, trazendo alegremente o assado e depositando-o na mesa:

— Até ontem eu não era francesa!

*

Estonteados pela comida da terra, eles estavam lá, mirando sonolentos um o outro. O tenente havia ido ao Palácio a chamado do senhor governador. Luisita viera contar que, dos cinco soldados, dois se haviam retirado, pois eram *flagellants* [flageladores]. Tinham ordem expressa da confraria e exibiam, orgulhosamente, a quem quisesse ver, os lanhos que ainda conservavam no ombro quando da procissão de Cinzas. Riram Duclerc e De Boiron com aquela história; mas não pensaram em fugir, mesmo sabendo que a menina Luisita fizera correr pelos últimos guardas o melhor vinho da despensa. Houvera uma visita bem comentada e outra não revelada. Por incrível que fosse, De Boiron, mais uma vez, censurava Duclerc:

— No trapiche elas foram nossa desgraça. E continuam a pesar em nossa vida.

Duclerc, de pestanas batedeiras, retrucou:

— É mau gosto falar em desgraça dessa espécie... e, sobretudo, não é nada francês. — Houve um instante, um instante só, em que ele pareceu despertar daquele mormaço interior, e seus olhos vivos buscaram os de De Boiron: — Ainda não te aliviaste de teus maus nervos? O que houve não bastou para acalmar-te?

De Boiron, dessa vez, foi rendido. Com uma expressão cômica, confessou:

— Escolhi a que me parecia mais inocente, e ela era uma feiticeira...

O outro levou o assunto a sério; conhecia as bruxarias da Guadalupe. No entanto, sorriu:

— Usou algum filtro para que te reconciliasses com as mulheres? É lógico que não, do contrário não estarias aqui pregando sermões...

De Boiron levantou-se e confessou a derrota:

— Era uma feiticeira, sim, ela me fez dormir... dormir! Imagina! E para quê? Para furtar a rosa de ouro. Depois disso desapareceu, exatamente como desaparecem os seres maléficos do ar e da terra, segundo contam os mais antigos.

Estavam nesse ponto quando houve à frente da casa conversa animada. Em seguida, chegaram três pedintes: uma mulher morena, de longos cabelos negros escapando à frente da mantilha, pés descalços, e dois mulatos com chapéus enfeitados de flores e fitas, um deles exibindo imagem de santo e outro com um cofre. A mulher avançou os pés limpos e rosados pelas lousas da sala.

— Meu senhor, esmola para os cumpridores de promessa!

Luisita recebeu das mãos de Duclerc algumas moedas e perguntou, interessada e rubra de animação, aos visitantes:

— Que disse a guarda?

— Que hoje se poderia entrar aqui; que não estão de serviço e que é dia santo.

Pela rua começaram a afluir figuras da procissão. Os encapuzados farricocos, ainda mesmo antes de formar no desfile, davam gritos, faziam trejeitos. Soavam risos, antes do sagrado recolhimento da Paixão. A cidade desatava a alegria de sua festa de Triunfo.

Duclerc ria um riso de boca úmida, em trabalho digestivo, para De Boiron:

— O tempo deverá ser vivido — disse. — As mulheres aqui são belíssimas.

— Se ao menos esquecesses dona Inês! Tens dinheiro suficiente; terias aqui boas amostras da terra.

Duclerc levantou-se subitamente, desejoso de pôr um ponto-final àquela conversa:

— Eu não gosto de tolas, como tu!

De Boiron bateu no peito, esticou os braços, cansado daquela energia gasta em vaivéns de boca:

— Não te parece suspeito este abandono da guarda?

— Estão soldados aqui para defender-nos; já que sabem não haver perigo de fuga... E a gente desta terra quer divertir-se.

Antes que De Boiron subisse para seus aposentos, Duclerc anunciou:

— Vou ter uma pequena festa... muito secreta... Ficarás à vontade lá pelo alto.

De Boiron estava farto daquela jactância, mas sabia que deveria concordar uma última vez com o "chefe". Subiu as escadas. Chegou à janela do quarto. Faltavam ainda horas para a procissão, mas até lá em cima dos telhados se postava a gente. Ao longe, explodiram foguetes; mais perto, contornando o cemitério, junto à Candelária, ia um escravo da casa. De súbito, cortou o caminho. Corriam-lhe empós aquele estudante do trapiche e outro homem. Chegavam vendedores. Passavam acompanhantes da procissão, carregando vestimentas que deveriam vestir nos "irmãos" pelo caminho da Sé. Tropeçava o negro escravo numa cesta. Corria lépido, mas os dois por fim o alcançaram.

De Boiron balançou a cabeça: "Como é estúpido!".

*

O ordenança, tomando o papel ao estudante, o exibiu à Luisita. Haviam-no caçado às mãos do negro.

Era admirável a força de ânimo da menina Luisita, que, solitária, passava pelo saguão levando a toalha de renda com que iria enfeitar, também ela, a sacada. Enrolou-se na renda, tal e qual uma das virgens da procissão que iriam levar as palmas do Domingo de Ramos.

— Senhor ordenança, sou moça recatada vivendo no meio de homens...

Ele deixou de adotar o tom paternal e se tornou grave:

— É possível!

Rapidamente, Luisita desvencilhou-se do véu que caiu à mão do ordenança envolvendo o bilhete; de dentro do pano tirou lépida o pedaço de papel. Rasgou-o, em desafio:

— Monsieur Du Boiron e monsieur Duclerc são franceses, como vosmecês sabem muito bem, e são visitados com a permissão da guarda muitas vezes... Mandam recados...

O ordenança tremeu da cabeça aos pés.

— A senhora dona Inês já não vem mais aqui; quem tem vindo?

— A senhora dona Inês nunca vem cá! Só vi algumas saias, nada mais.

Voltou-se, agressiva, para o estudante:

— *Saias e asas!* Agora, dão-me licença. O senhor tenente permitiu que eu ornasse a sacada.

O ordenança disse que ficaria por ali, na ausência do tenente, e o estudante deixou depressa o saguão. Precisava saber de Daniela, que deveria ir vestir-se para a procissão. Quando chegou à rua, passando pela guarda composta de três felizes soldados avinhados a se encostarem um ao outro, rindo e apontando a multidão, alguém o apanhou pelo braço, como que lhe seguindo os passos, vindo lá da casa dos franceses.

— Não pode ser verdade! — disse o estudante, reconhecendo Daniela. O ordenança que a seguira também observava curioso a cena da porta da entrada.

Daniela quase o desafiava, feliz:

— Mas é verdade, sim! Eu tenho a rosa de ouro! Eu a entregarei à Nossa Senhora do Rosário depois da procissão. Eu não furtei, o francês deu...

Com infinita tristeza, ele a julgou desfeita à luz da tarde, mas ela estava linda; apenas sua lindeza não vinha ao estudante.

— Não podes ir mais à procissão... Que vergonha!

Mas Daniela escapou por ali afora, feliz, voando, encantada. Alguns "irmãos" se interpuseram. Havia um, de negro, imenso, com sotaina branca, curta. Dobrada, no braço, a veste de um santo de chagas abertas. Era como se saísse do chão para fazer sumir a menina... Outros levavam panos roxos, e ainda outro, molenga, pendente do braço, a roupa de uma "ossada". O moço sentiu os olhos úmidos, mas todos riam, riam e o envolveram em tumulto.

Capítulo 16
Cidade inocente

Luisita chegou à sacada que aproava à face da rua. Sentia-se confortada em fazer aquele pequeno trabalho de mulher depois das pesadas labutas da casa. Graciosa, desceu a renda, e eis que logo ficou adejando como outras pelas vestidas janelas da rua.

Imaginou a moça que simplesmente poderia sair e entrar naquele alvoroço tão grande. Recordou, porém, as palavras do tenente. Ela iria ver *alguma coisa*. Lá embaixo, homens em calções, desnudos da cintura para cima, desafiavam os soldados que mal se sustinham em pé. Via-se, contudo, que o desafio era de brincar, porque se afastaram os moços aos saltos, como gatões. Aproveitariam a procissão para fazer as delícias de suas desordens.

Voltada da janela, Luisita atravessou as lajes da sala, o pátio, foi à cozinha e se viu inteiramente só. Os escravos, sem palavra, haviam saído. Todos haviam saído para formar a procissão! Era ordem do senhor bispo que os amos obrigassem os escravos a tomar parte na procissão de reconhecimento e alegria, unindo as glórias de Cristo às de El-Rei, seu servidor. Todos, que não os franceses, haviam saído? Luisita achou que haviam *desaparecido*, embora tivessem bons motivos: o tenente, chamado ao Palácio; os soldados — parte porque não estava de obrigação, e parte porque deveria mais às irmandades que ao tenente.

Quando Luisita veio do pátio, encontrou três ciganos que riam uns com os outros e estavam a espiar objetos, tirando-os dos móveis, alisando-os até de suas mãos, quando os surpreendeu:

— Aqui não é o Campo, ora pois, e a festa é lá fora! Saiam!

— Tomaram o Campo aos ciganos — disse um homem alto, de jaleco, viola pronta a festejar e chapéu enterrado em crespa cabeleira. Duas mulheres estavam com ele; uma delas estendeu a bolsa de esmolas:

— Para os doces! Depois da procissão...

— Aqui não há mais esmolas! Todos estão recolhidos!

O homem, vagaroso, andava de jeito provocante. Foi à escada, mirou atrevido por ela, mas a outra mulher, gorda e baixa, com diadema colorido sobre a mantilha, principiou a tremer e a fazer signos pelos quatro cantos da sala.

— E o que vem a ser esta bruxaria? — perguntou Luisita. — Se te apanha o senhor bispo, ele te manda ao chicote!

— Depressa! — disse a mulher. — *É cheiro de morte.*

Luisita, destemerosa, enxotou-os aos três:

— Vagabundos e ladrões, saiam daqui... se não quiserem que eu chame a guarda!

O homem levantou os ombros.

— Paciência, bezerrinha, não te faças de orgulhosa, adeus!

Fez um cumprimento bambo, como se estivesse embriagado, e saiu com as companheiras, mas a gorducha não ia bem, tão pálida e estremecida como quem levasse enorme susto.

Esperou Luisita que saíssem. E, correndo desabalada, foi ao quarto de De Boiron, que espiava à janela, mas guardando prudência.

— Monsieur De Boiron — disse ela —, os negros se foram, e a casa está sendo visitada por qualquer gente que passe! Isso me parece tão estranho! — mudou o tom da fala. — Já que salvei esta nau, *posso saber se há esperanças para ela?*

De Boiron, preguiçosamente, acompanhou o gracioso evoluir de quatro mulheres de mantilha, iguais, redondas e frescas como arvorezinhas novas. Ia falar, mas Luisita, atabalhoada, cortou:

— Não me refiro a entregar a mensagem em mãos seguras, como as de monsieur Valère, para que, por golpes de mágica, ela chegue à França. Tenho o direito de saber o valor da mensagem que rasguei para sossego de vosmecê!

De Boiron voltou-se, bocejando. Observou Luisita no mesmo lugar em que tivera Daniela. Veio-lhe repentina è sombria irritação. Retrucou:

— O valor é nada!

Ela não pôde deixar de ter um gesto de profundo desânimo. Sentou-se à beira da cama:

— Quer dizer... Vosmecê não acredita, então, na vinda de salvadores? Não mais espera Duguay-Trouin?

A visão de Luisita no canto do leito irritava quase até o paroxismo De Boiron, que não podia deixar de evocar a pequenina *ladra*:

— O nosso *guia* está cada vez mais saudável, bem-disposto, digerindo bem as comidas da terra, enquanto o resto de seus oficiais está espalhado por aí a lavar panelas para as damas da cidade!

A moça não podia supor que De Boiron sentisse tanto rancor. Ele continuou:

— Duclerc está deglutindo nossos dois navios! Seria preciso uma causa mais nobre, além do ouro, naturalmente: *"Le panache"!* [O brio.]

Luisita vivia atenta aquele instante: alguma coisa ia acontecer. O tenente não anunciara?

— Seria muito difícil dizer mesmo na França que fostes as vítimas!

A mão de De Boiron caiu com força sobre o suporte negro da cama. Baixou a grande cabeça sobre Luisita:

— Começo a ter grande ternura por ti. A simpatia que sinto pelas ingênuas!

Luisita quis rir, chasquear, mas não conseguiu. Ele continuou, meio cômico:

— Se alguma coisa acontecesse a nosso grande chefe, seria ainda possível que um visitante ajuntasse às suas tenções de marinheiro a auréola — De Boiron revirou os grandes olhos — de uma visita de *reparação moral*. Reparação moral... antes do ouro. Isto é bem francês.

Afetuoso, como jamais o fora, sentava-se ao lado de Luisita, adotando ar de irmão mais velho:

— Nós deveremos ser sempre leais um ao outro; nós dois, bem entendido.

Subia até eles o trombetear dos farricocos, que, ainda esparsos antes da procissão, estariam fazendo momices. Ela foi à janela e subitamente mostrou a face criança:

— Todos se divertem com eles, e eles se divertem com todos... São os tumbeiros; dizem que é por isso que vêm embuçados. — "Nós devemos ser sempre leais... As coisas agora para mim vão tendo sentido."

Fez De Boiron um gesto de ombros e a observou deixando o quarto. Já nele ganhara o ânimo varonil: não daria mais tempo às próprias recriminações.

Luisita foi ao quarto de Duclerc, que gritava por seu nome pelo corredor vazio. Passou pela antecâmara e reviu, com peculiar estranheza, talvez porque todos houvessem saído, as três fardas do tenente sempre penduradas no alto, como enforcados à vista dos que passassem ao quarto. Quisera o militar deixar ali, decerto, a autoridade velando; ela tomava um tom peculiar na casa de onde desertavam guardas e servidores.

Duclerc estava vestido com a melhor elegância e, impaciente, reclamou:

— Busquei por toda a casa! Estava querendo os escravos aqui para determinar sobre uma pequena ceia bem cuidada...

— Monsieur Duclerc — disse Luisita —, não há senão as sobras do almoço e aquilo que porei, eu mesma, à mesa. Cozinheiros e mucamas se foram! A Casa dos Franceses está entregue aos franceses...

Ouviu-a falar com impaciência, mas, quando chegou a esse ponto, riu confortado:

— Estou mais bem servido assim... As gratificações generosas fizeram efeito maior do que supunha...

Preocupou-se com aquele trombetear desafinado dos farricocos:

— Que quer dizer esta música?

— São os que fazem enterros... Também tomam parte na festa.

Açodado, ele foi à janela, e ela observou a bela casaca azul e ouro, os calções de presilhas de pedras, num refinamento de minúcias que os homens da terra não sabiam oferecer. Duclerc, depois de mirar os farricocos — e eles pontilhavam de negro a colorida multidão lá embaixo —, recordou:

— A religião na Guadalupe também era assim festiva!

E lhe veio um jeito humilde, de nostalgias, em que parecia sofrer. Por instantes, esteve recolhido, enquanto Luisita punha ordem nos objetos em cima da grande cômoda e ardilosamente fechava na gaveta um retrato de mulher — a esposa —, cuja imagem assistia a tudo com a mesma impavidez das fardas do tenente.

— Dize-me, Luisita, por que amas a França? — E aquele fanfarrão aparecia, de pronto, preocupado e comovido.

Luisita já agora puxava as cortinas do grande leito, sacudindo-as para livrá-las do pó. Afofava os travesseiros da cama. Levou alguns instantes na agitação do trabalho, e Duclerc veio a ela e repetiu:

— Por que amas a França?

Ela havia enfrentado muita coisa: os perigos do trapiche, a prisão, a luta por conquistar um lugar menos áspero e, sem saber como, se fora aprofundando em solidariedade a um homem que desabara como o vendaval de sua vida. Teve de fazer grande esforço porque, durante todo esse tempo, por muito poucas vezes dissera a verdade e, assim, perdera o hábito de proclamá-la. Agora aquele homem pequenino, o chefe de uma invasão morta, bem lhe pedia a verdade. Talvez fosse por estarem os tumbeiros a assoprar, talvez fosse por saber que ficavam sós, como pestosos. Serenamente, enquanto ele lhe apertava a mão — *"Este exigirá também uma aliança?"* —, respondeu a moça:

— Acho que a amei porque... está longe.

— Dessa vez, *ma petite Louise*, entregarei a mensagem a uma pessoa da mais alta confiança.

Ela apertou a mão de Duclerc, como se fosse a senhora da casa:

— E por que *dona Inês irá* entregar a mensagem?

Também Duclerc se fazia doce com ela:

— Porque a França *está longe*, e o governador, perto de dona Inês. As mulheres têm a visão galante da geografia, tu mesma o disseste.

— Desastres e desastres! Eu não confiaria tanto em dona Inês!

Ele não levou a intimidade até o final, como De Boiron. Retirou-se para um canto, tomou o tom autoritário:

— Lembra-te do que te disse. Virão aqui alguns penitentes. Nós não inventamos nossos aliados, será quem estiver a nosso alcance.

Ele havia tido, mão na mão, a verdadeira Luisita, mas agora a moça tomava o modo irônico de sempre:

— Chego a pensar que monsieur não veio aqui pelo ouro!

— Por mulheres eu não viria tão longe. Bem, não esqueças de manter a guarda bastante avinhada...

— Monsieur terá o que merece!

*

Os mais belos cavaleiros, os mais ricos e vistosos, cada um vestido de cor diferente, portadores das seis bandeiras vencidas, e o jovem capitão de cavalaria que sucedera a Da Silva levando a gloriosa flâmula de El-Rei, todos montados em cavalos com arreios de prata, abriram o desfile que principiou no Largo do Carmo. Das sacadas pequeninas, afluía a gente acenando; tudo bulia, numa doçura de triunfo. Vendedores sem conta se haviam postado às voltas da procissão, e os escravos também permaneciam em torno, vestidos em riqueza — alguns levando joias e ornatos de ouro —, ainda mesmo depois da proibição do senhor bispo. Apareciam muitas donzelas de mantilha a elevar aos ares ricas palmas; algumas de seda eram, outras, flores verdadeiras. E essa parte da procissão demorou muito a organizar-se e a sair, porque, também de promessa dos pais pela vitória dos nossos, a elas se agregaram muitas criancinhas — anjos aureolados de ouro e prata ou meninos vestidos de santos — guardadas por parentes que, à subida da Sé, as passariam aos ombros das mucamas. Não eram figuras próprias do desfile, mas testemunhavam o fervor da população, e se havia sempre de ter paciência com pequeninos apóstolos ou com diminuídas aparições de Antônio e Sebastião que se multiplicavam de ano para ano.

À Casa dos Franceses busca um farricoco. Por onde passa, dizem-lhe graçolas, mas vai rijo, a face vestida com o longo capuz negro, o corpo envolto na ampla vestimenta.

Duclerc, trazendo na mão a mais bela candeia de prata da casa, observa a toalha que Luisita colocou na mesa e se aborrece:

— Que fizeste das flores que deveriam estar aqui e da toalha de renda?

Ela tomou a lâmpada e a colocou, com certa dureza, em cima do pano das Índias que recobria a mesa:

— Pois enfeitei a sacada; é o costume da terra.

Duclerc espreitou, impaciente, a entrada:

— Que tenho a ver com estes costumes? A ordem que te dei foi outra, *ma petite Louise*!

— Bem — disse ela com enfado —, tudo se deve à falta de comando.

As trombetas soavam assanhadas, numa excitação de varar paredes. Luisita colocava na mesa uma grande sopeira de porcelana.

— Se tivéssemos ido à procissão, ninguém nos teria visto!

Duclerc foi à antessala e voltou contendo a custo a aflição da espera, mas caiu em si, observando as mãos trêmulas de Luisita ao deixarem na mesa a enorme sopeira com a canjica guardada do almoço.

— Às vezes duvido que um dia amaste a França.

— Monsieur, tem aqui servida sua ceia, e está livre para festejar como bem quiser. Eu me recolho.

Em sua sofreguidão, Duclerc contentou-se em baixar um pouco a vela, cobrindo a chama. Quando Luisita se retirava, entrou o farricoco. Assustou-se com aquela criatura, que cresceu a seu encontro como sombra negra a distanciar-se da luz.

— Não há mais esmolas nesta casa. Avia-te, criatura!

Mas Duclerc veio para junto:

— *Allez-y* [Pode sair].

Luisita compreendeu, mas, antes de sair, olhou ainda estonteada para a imóvel visão negra à meia-luz da sala.

Quando a moça desapareceu, Duclerc, perturbado — ele também —, se aproximou. Acreditava e não acreditava. Vira tantas figuras negras assim pela rua!... Mas nem bem saíra Luisita, e já o vulto se desmanchava; o capuz deslizava, e a bela face de dona Inês florescia branca e comovida sobre o negrume que ainda lhe pesava aos ombros.

Duclerc, rindo, tirou-lhe dos ombros a larga capa, mas Inês fez menção de vestir nele o próprio disfarce:

— Vosmecê deve ir embora, deve ir embora *já*.

Despido o manto, ele absorvia a nobre figura com ânsia e embevecimento. Inês estava linda, com suas joias de ouro das Minas Gerais; sua vasquinha prateada, a saia de veludo verde-vivo. Vestia a melhor roupa, a que seu marido proibira até mesmo nas procissões, porque se lhe viam os contornos. E o busto e a cintura muito diziam do corpo de pomba altiva.

Ele abria os braços, saciado de beleza, depois de tanto tempo, possuidor, só para ele, daquela rica imagem que lhe acudia à sede.

— Não, eu vou *ficar* — dizia ele, rindo-se. — É bom ficar.

Mas dona Inês insistia, quase como naquela ocasião em que o tivera ferido no trapiche:

— A vida! *Viver*, compreende vosmecê?

Ele se divertia com ela, agarrando os longos braços que lhe punham às mãos a roupa negra.

— A vida, *là-bas*? [ali?] — E o olhar ia à rua. — *Non, ici* [Não, aqui], a vida!

Devagar, afastada a veste negra, entrou a beijar mui vagarosamente os dedos mornos e cheirosos, gulosamente avançou os beijos pelos braços.

— Teremos uma pequena ceia aqui embaixo. Mas vem comigo, pois lá de cima se vê muito bem a festa.

Ela não disse *não*; simplesmente:

— Vosmecê me espere. Conheço o caminho.

Duclerc subiu, e ela esteve um tanto a olhar-se ao espelho de prata que o tenente pregara à porta da saída para ter mais confiança em sua aparência militar. A vasquinha era abotoada, e ela a retirou, ficando nus os ombros, por onde escorriam voltas de ouro e de contas verdes. Quando se olhava ao espelho, junto da coluna escurecida lá de fora brotou a figura do ordenança.

— Então é verdade, vosmecê *vem* aqui!

Isso lhe disse ele em tom baixo, e ela respondeu também assim:

— Sou dona de mim mesma. — E avançou para ele, açulando-o. — Serviste bem a meu cunhado, como sempre!

Era Inês a lindeza de si mesma, a mais linda Inês de todas e sobre a qual jamais pusera os olhos o ordenança do governador.

— Sempre zelei pela família! — disse ele.

Rudemente, mas baixo, ela retrucou:

— Louvável zelo de bastardo — sibilavam as palavras. — Chegaste a ponto de fazer o que nem os escravos fariam: as famosas pinturas de meu muro. Tudo para que meu marido me odiasse. Que veio fazer aqui? Não tenho medo!

— Vosmecê vai comigo. Se não for comigo, vou chamar o governador!

Dessa vez, ela respondeu com voz muito mais audível:

— Sim, acredito que chamarás teu *pai*. Mas nada acontecerá, pois meu marido não partirá zangado para as Minas... — Aflitamente olhou para cima. Entretanto as vozes, pequeninas vozes, deveriam estar casadas à grande fala da cidade, que já ressoava mais e mais perto. — ... Ou irá dormir com as negras para confortar o ciúme...

Ele perdia as características de discrição e humildade:

— Dom Francisco virá buscá-la!

Na penumbra, Inês se fez sanguínea.

— E o que virá fazer meu cunhado? Guardar melhor os franceses?

Ria, desafiadora, os pequeninos dentes leitosos brilhando na face quase escarlate.

— Faltam prisões, e o dinheiro dos invasores afrouxou a guarda que inda resta. Matá-los?

O ordenança se pôs sombrio. Recuava um tanto. Ela o seguiu, sempre provocante:

— Sabes que ele não pode matá-los pelas leis da guerra, que está por eles. E se confabulam, e se têm expedientes para ameaçar uma governança tão gloriosa... Dom Francisco não pode nada, nada: porque há muito sabe que as rédeas lhe fugiram! Até mesmo na procissão haverá quem o desafie...

— Senhora, *vossa vida*! Permiti que eu a acompanhe!

Um relance, e Inês conteve a exaltação:

— Não tenho mais pranto! Meus olhos secaram.

Ele insistiu ainda, sempre como a visão imperfeita de seu marido. Na abjeção daquele homem havia distante apelo que ainda a seduzia. Subiu ela o primeiro degrau e, quando ele esperava ainda uma decisão mais confortadora, Inês se voltou e por fim murmurou com grande apaziguamento:

— Vai contar como me viste! Conta depressa!

*

Quando Inês atravessou a antecâmara, viu as três fardas que balançavam ao sopro da janela aberta, enfeitada de panos vistosos. Subia ao ar, plena de luzes, a charola de uma irmandade. Se fosse mulher de boas ouças, teria apanhado no canto de glória a Jesus a toada "Cidade inocente", que a pequenina mucama cantava para que ela acalmasse o coração precipitado. Duclerc abria a porta. Vinha radiante a seu encontro.

— Lá está teu vencedor: Santo Antônio! — Com muita tristeza, ela concluiu: — O padroeiro dos namorados.

Ele a acariciou docemente nos ombros.

— Gosto de vosmecê — dizia dona Inês — porque está prisioneiro. Gosto dos doentes, de todos os homens que já perderam o orgulho. Os homens do Reino são ciumentos demais — voltou-se para ele, resplandeceu em sorriso — e pensam que assim são mais homens.

Ele esteve a seu lado, mirando aquela desenfreada e pintalgada multidão, onde se mesclavam todas as cores, todas as raças. Os altares eram levados em corridas, quase, e grandes vultos vestidos de negro apontavam no conjunto; às vezes dando saltos, provocando risos, num desrespeito estimulado pelo povo, postado à rua para a procissão.

— Deves pensar que sou louco. És um pouco louca também. Sei que te vigiam.

Empolgou-lhe a cintura e a levou docemente para o quarto. Mostrou-lhe a cicatriz na barba.

— Tu me curaste e agora me consolas.

Ela observou atentamente a cicatriz. Duclerc a abraçou com ímpeto e a beijou na boca. Inês se desprendeu. A música religiosa subia até eles, e outras melodias vinham caminhando; trombetas desafinadas pontilhavam o conjunto de gritos, de metais percutidos, de passos cadenciados.

— Eu não te forçarei — disse Duclerc.

Ela riu e disse:

— Eu compreendo, eu compreendo...

Ela o observou, pequeno, dócil, nervoso, já sentado no leito, junto da cortina, e riu mais uma vez para ele, como um mais velho para criança. Ele fê-la sentar-se.

— *Nous sommes des amis!* [Somos amigos!]

— *Amis*... amigos.

Balançavam-se juntas as cabeças. Eles sorriam sempre, e a música religiosa inundava a casa. Ela chegou a rir mais encantadora quando viu que ele estava perturbado — e por que estaria? —, tão constrangido em sua busca de palavras...

Soube logo Inês o motivo, porque ele tirava do bolso o papel e o entregava.

— *C'est très simple* [É muito simples]. Luisita explicará.

Ela fugiu para a cortina, que a embuçou, a meio; parecia estranha figura de morta ou santa. Estava ali e era distante.

— Para a França?

Sua voz soava fraca; ele se levantou, desafogado. Agora, tudo seria mais fácil. Poderiam tratar de viver melhor aquele bom momento de amor.

— *Para a França*. É o mais compreensível, não é verdade?

Recatava-lhe a dobra da cortina a figura.

— Vosmecê quer que eu leve esta carta? Eu mesma? Ela vai... para a França?

— *Vous*... vosmecê!

A mão de Inês apanhou o papel e o levou ao decote.

Desvendou-se por inteiro a face de mulher; por um momento, ele a achou cínica, o que lhe tirou um tanto do prazer da conquista. Inês o olhou, e a face prometida era desnuda.

— Fazes bem em ter confiança. Tens mais confiança em mim que meu marido...

*

Luisita ouviu ruídos e desceu. Estava ficando insuportável essa porta aberta e mal guardada da Casa dos Franceses. Lá em cima, pelos quartos, era o silêncio, mas, cá embaixo, a moça deparou com a farândola quase orgíaca de alguns farricocos — talvez seis — perambulando molemente pela sala, e um deles logo arrancou o capuz.

Era o cigano que havia pouco estivera ali. Parecia procurar vinho? Ou estaria disposto a algum desforço perigoso, naquele grupo de sombras negras que molemente se agitavam, deslizando pelas pedras do saguão? A menina tinha sempre audácia e enfrentava os homens:

— Bêbados — disse ela. — Estão todos bêbados: já disse que não há mais esmolas aqui!

Mas o cigano foi até a mesa e se serviu de vinho, descansado, levantando-lhe um brinde, enquanto os outros, sombrios acompanhantes, se lhe formaram o coro atrás. Por fim, o homem disse à menina Luisita algumas palavras — já então, a sério e em segredo, como se toda a bebida se lhe evaporasse, por encanto, do sangue.

Os farricocos, cigano à frente, subiram a escada, em desfile mole e grotesco. Alguns davam saltos, e quando Luisita, ao pé da escada, olhou com terror para aquela outra pequena e orgíaca procissão, fez o sinal da cruz. Pela primeira vez, vemos a menina-coragem enfraquecer, assombrar-se, rezar... quem sabe se até.

Do lado de fora, quem passava piedoso à vista de todos era dom Francisco de Castro Morais, segurando o pálio azul e ouro sob o qual o santo bispo elevava a hóstia. E, além, ia o Anjo, cercado pelas luzes das tochas. Seguindo-o de perto, Beleguina, extasiada com sua Daniela, tão estúpida que se atrasara para a festa e sobre quem apenas tivera o tempo de lançar o manto e colocar a auréola de ouro puro. Vinha o Anjo carregando às mãos as insígnias dos gloriosos guerreiros Santo Antônio e São Sebastião. Todavia, sob o vestido, ela levava a rosa de ouro, que também se fazia em festa, que gritava nela, na própria graça do sorriso de alegria.

Perdido em algum lugar, na multidão, estaria o estudante que se envergonhava, sem suspeitar que seu Anjo continuava inocente. Em vão procuraria os amigos, aqueles que combateram com ele, duramente, à frente do Palácio. Formariam eles a procissão, e a cidade toda nela como que se ocupava: anjos, santos, cantares, movediças visões de altares em disparada e já os lamentos dos flagelantes que iam à cauda do desfile, pedindo piedade para os pecados.

Um ódio crescia nele; o único homem que já não sabia rezar.

*

À porta de Duclerc, o troço dos farricocos encontrou outro mais que por ele deslizava à vista das três fardas magnificentes. O encapuzado se perdeu à descida da escada. Entraram os homens em grande escarcéu. Pelas janelas escancaradas, os gritos dos flagelantes:

— *Mea culpa! Mea culpa!* [Por minha culpa! Por minha culpa!]

Aparentemente Duclerc estava dormindo, pacificado. Outro farricoco se desvendou — era o ordenança.

— Quero que me vejas! Acorda, debochado!

Em seguida, como Duclerc continuasse imóvel, puxou-lhe o ombro e viu, enfim, seus grandes olhos pretos abertos; a expressão de horror imóvel na face morta.

— *Miserere Nobis!* [Tende piedade de nós!] — gritavam lá embaixo os penitentes da procissão.

Os farricocos ficaram indecisos, imóveis, diante do corpo pendido, resvalando a cabeça para fora do leito. O ordenança teve um grito de decepção:

— *Já estava feito!*

E os outros se lhe acudiram, incertos:

— E a promessa? E a promessa?

Vinha o cigano e, já passado o momento de indecisão, alteava a fala:

— Silêncio também é serviço.

Atirou-lhe um saco de moedas o ordenança, mas, antes que todos descessem em sarabanda, um último perguntou:

— Vosmecê garante a guarda?

E ele foi respondendo, metido já no grupo e querendo dele escapar, bem depressa:

— É a melhor guarda de que meu padrinho dispõe!

*

Luisita apertava o braço de De Boiron.

— Entre... Monsieur deve entrar... Eu não tenho coragem.

E ela ficou encostada às três fardas, ouvindo os lamentos dos flagelantes, atiçados pelos farricocos, com eles unidos no cortejo de expiação. Silvavam as chicotadas, o sangue apontava na carne lacerada.

— Meu Jesus, misericórdia!

De Boiron, voltando a Luisita, veio bastante pálido:

— Tivemos surpresa! Não foram eles, estes bêbados vulgares... Não houve sinal de luta... Dona Inês também era uma feiticeira e o fez dormir com sua doçura.

Estava profundamente perturbado. Mas, diante das três fardas, que talvez personificassem para ele a visão — quem sabe se da História?, quem sabe se do Poder? —, concluiu, noutro tom, enquanto a corajosa Luisita chorava, dizendo:

— Vosmecês não contem mais comigo!

— ... A França saberá que o corajoso Jean-François Duclerc foi morto a mando do governador e vingará a ofensa!

Ela prosseguia chorando e dizendo:

— Não contem nunca mais comigo, nunca mais!

Ele a viu em sua fraqueza de mulher.

— Amas esta terra? Vê! Teu povo faz a guerra da alegria, mistura sangue às festas.

De Boiron esbanjara palavras com uma mulher. Nessas distâncias, perdia a boa norma do orgulho masculino. Afinal, Luisita ali era a criada. Empurrou-a levemente.

— Vai à janela e chama a gente.

Luisita veio, tremendo, encostar-se à toalha, tão linda, e às flores tão procuradas que ali estavam enfeitando o muro. Como em delírio, chamou sem resposta. Porque a seus gritos acudiam os dos flagelantes, que punham sob o céu de São Sebastião do Rio de Janeiro os longos gemidos de sua expiação.

Entre o carnaval e mistérios não resolvidos

As obras de Dinah Silveira de Queiroz são repletas de referências intertextuais, apresentadas em sua literatura quase como uma piscada de olho entre a autora e seus leitores. Em *Os invasores* isso não é diferente. Lembro que, desde o meu primeiro contato com o romance, sempre me intrigou a rosa de ouro, objeto que atravessa a história do início ao fim. A opção por uma joia em formato de flor não me parecia ser uma escolha aleatória da autora. Uma busca rápida na internet, então, revelou um primeiro significado: a rosa de ouro, na Igreja católica, é concedida pelo papa a personalidades ou locais de devoção. Essa associação era um tanto óbvia, visto que em *Os invasores* a rosa é propriedade de uma freira e ao fim acaba sendo o pagamento de uma promessa religiosa. Algo me dizia, porém, que poderia haver algo além disso. Não sei exatamente em que momento de minhas pesquisas se apresentou o que poderia ser outra possibilidade interpretativa. A resposta estava nas estreitas relações entre o livro e o carnaval.

No Rio de Janeiro do final do século XIX, o "cordão", festa de rua antecedente aos blocos, era a expressão mais popular do carnaval. Surgido na década de 1880, o cordão iniciou como um fenômeno de bairro e se espalhou rapidamente. Nas ruas, dançava-se ao som de diferentes melodias, que passavam por cantigas de roda, trechos de ópera e até mesmo hinos patrióticos ou marchas fúnebres. Próximo ao início do século XX, os cordões entoavam algumas canções improvisadas ou emprestadas de outras manifestações artísticas. Em 1899, então, é escrita aquela que pode ser considerada a primeira marchinha e também a primeira música composta exclusivamente para as festas do carnaval carioca: "Ó abre alas", de autoria da célebre Chiquinha Gonzaga (1847-1935):

Ó abre alas
Que eu quero passar
Ó abre alas
Que eu quero passar

Eu sou da Lira
E não posso negar
Rosa de Ouro
É que vai ganhar...

A rosa de ouro citada fazia referência ao nome de um cordão do bairro Andaraí para o qual Gonzaga dedicou sua composição, segundo revela Edinha Diniz em *Chiquinha Gonzaga: uma história de vida*. Nessa rosa de ouro carnavalesca, assim me pareceu morar o principal sentido da joia de *Os invasores*, visto que a presença da festa popular é evocada também em outros momentos do romance.

A muralha, uma das obras de maior destaque de Dinah Silveira de Queiroz, veio a público por ocasião do IV centenário de São Paulo. *Os invasores*, do mesmo modo, foi um título pensado para a efeméride dos quatrocentos anos da cidade do Rio de Janeiro. Além disso, assim como o romance dedicado à capital paulista, foi publicado primeiramente em capítulos semanais na revista *O Cruzeiro* — uma das mais bem-sucedidas do país —, no período de 23 de janeiro a 22 de maio de 1965. Em agosto desse mesmo ano, a narrativa foi lançada em livro e contou com uma sessão de autógrafos no Arco do Teles, local escolhido por ser um marco histórico carioca. Se a respeito de *A muralha* Dinah afirmava querer homenagear o heroísmo paulista, principalmente o das mulheres, sobre *Os invasores* a autora declarava ter pretendido "fazer um livro sobre o Rio de Janeiro que contivesse ao mesmo tempo a história do Rio e um tanto do próprio temperamento do povo carioca", conforme depoimento para o jornal *Correio da Manhã*. Para ela, um dos elementos fundamentais que compunham essa visão era o carnaval, conforme é marcado já no começo do livro, quando se tem a afirmativa de que "Festas de igreja explodiam em fervores e antecipação de carnaval" (p. 9).

Essa perspectiva também pode ser vista na comemoração brasileira pela vitória sobre os invasores franceses e igualmente nos festejos das cenas finais da narrativa. É notável uma grande semelhança dessas descrições com as celebrações carnavalescas, por exemplo, no cortejo com pessoas fantasiadas, na música, nas encenações e no livre contato entre diferentes indivíduos — bem sintetizado na passagem em que os chapéus são lançados ao alto, em festa: "De cores diferentes, maiores ou menores, com presilhas fidalgas, de couro, vindos das Minas, de civis ou de militares, o baile dos chapéus saudou a rendição" (p. 118). A relação de *Os invasores* com o carnaval, é relevante observar, foi uma vez mais ainda marcada quando, em 1969, o livro serviu de base para a elaboração do enredo da escola de samba carioca Unidos do Uraiti.

A presença dos elementos ligados ao carnaval também traz ao romance uma contribuição para a atmosfera cômica que se constrói ao longo das páginas. Esse aspecto é particularmente importante por *Os invasores* se tratar de um romance histórico. Isso porque, segundo apontam diversos estudiosos, o humor, quando presente nesse tipo de narrativa, é uma ferramenta para o questionamento da história oficial: o elemento cômico a retira de um pedestal em que ela é excessivamente levada a sério, abrindo a possibilidade de questionar suas verdades absolutas. Com isso, é oferecido espaço para que sejam questionados os silêncios e as omissões da história — como aquele que diz respeito à escassez ou ausência de registros sobre a atuação de mulheres — ou perspectivas únicas, em que a narrativa histórica é feita majoritariamente a partir do ponto de vista de um mesmo grupo — branco, masculino, ocidental. Nesse sentido, é significativo que em *Os invasores* o protagonismo resida em integrantes do grupo de mulheres que se abrigou no trapiche, fato que no registro das páginas da história não passa de uma breve nota. É significativo, ainda, que Dinah tenha optado por narrar uma passagem em que se tem a resistência brasileira frente a uma tentativa de invasão colonialista.

A autora, assim, possivelmente de modo não intencional, ao empregar o humor em seu romance, redunda em reforçar esse questionamento da história. Isso também é observado em uma das questões centrais da trama: o assassinato de Duclerc. Segundo Queiroz afirma em uma crônica de 1977 para o *Correio Braziliense*, em *Os invasores* ela apresentou uma "explicação da morte do invasor Duclerc, até hoje um mistério histórico, que procurei resolver". O nome do assassino permanece até a atualidade, de fato, incerto. Porém, apesar da declarada intenção da escritora e da leitura do romance sugerir que a culpada seja a personagem Inês, a narrativa acaba por reafirmar as incertezas sobre quem seria o verdadeiro responsável. A principal razão disso está no fato de a cena propriamente da morte do francês não constar no romance: o grupo dos mascarados farricocos encontra Duclerc já sem vida. Seria então o farricoco que passa por eles o real assassino? Em caso de resposta positiva, seria Inês quem estava por trás do disfarce, já que ela usava uma dessas vestimentas pouco antes? Nenhuma dessas respostas consta em *Os invasores*, por isso é possível apenas fazer suposições. Logo, a identidade do assassino (ou assassina) segue como um mistério não resolvido.

Além disso, é importante considerar que o fato de essa suspeita incidir sobre Inês também pode ser compreendido como uma reprodução de algo que ocorre ao longo de toda a obra: o envolvimento dessa personagem em boatos. Dessa maneira, uma leitura do romance em que Inês seja apontada como a assassina acaba por replicar a forma como, na narrativa, os rumores acerca da personagem surgiam. Assim, a suposição de que ela seja a responsável pela morte de Duclerc pode ser interpretada como apenas mais uma dessas afirmações incertas a seu respeito. Essa ambiguidade que rodeia a personagem pode ser vista em mais dois elementos. O primeiro, em um detalhe de sua casa, um "sobrado pintado de amarelo" (p. 39). A cor amarela, segundo revela o *Dicionário de símbolos* de Jean Chevalier e Alain Gheerbrant, pode ser associada ao adultério. Nesse aspecto, assim, pode ser vista uma sugestão de que os boatos sobre a infidelidade de Inês diziam a verdade. O segundo elemento, porém, demonstra justamente o contrário: no significado do nome da personagem, "Inês", estão contidos os adjetivos "pura" e "casta".

Além dela, outra personagem em que é observada essa ambivalência é Bento do Amaral. Isso porque ele seria o mesmo indivíduo que em *A muralha* era identificado como Bento Coutinho, o responsável por dar a ordem que iniciou o massacre do Capão da Traição. Segundo registra a história, não há um consenso sobre se de fato se tratava ou não da mesma pessoa: alguns estudiosos defendem que sim, outros discordam. Entretanto, Dinah opta por concordar com aqueles que confirmam ser o mesmo. Entre esses está Alarico Silveira, pai da autora, autor de *Enciclopédia brasileira* em que consta um verbete dedicado a Bento do Amaral Coutinho. Em crônica publicada no *Correio da Manhã* em 1954, a escritora explicava: "Meu pai ali dizia que o mesmo Bento Coutinho que houvera sido o tremendo vilão da Guerra dos Emboabas fora herói, pouco tempo depois, da defesa do Rio de Janeiro, contra os franceses. Determinados historiadores não queriam reconhecer isso, porque a história já decretou que Bento Coutinho é um infame, um réprobo. O Bento Coutinho da defesa do Rio de Janeiro seria outro — diziam esses historiadores — e não o mesmo".

É interessante observar que, novamente, Dinah procede de maneira a reforçar a controvérsia a respeito de uma questão que ela declara querer elucidar: enquanto em *A muralha* a personagem é apresentada como Bento Coutinho, em *Os invasores* ela surge como Bento do Amaral, somente. O nome completo da personagem histórica, segundo algumas fontes (como a obra de Alarico Silveira), seria Bento do Amaral Coutinho. A escolha da autora em eleger um nome diferente em cada um dos livros pode ser compreendida como a confirmação de que se tratava, sim, do mesmo indivíduo, e que ele apenas exibia ou ocultava um ou outro de seus dois sobrenomes. Porém, se forem desconsiderados fatores extraliterários, o que prevalece é a dúvida sobre se tratar ou não da mesma personagem de *A muralha*. Logo, de maneira correlata à que procede em relação a Inês e sua responsabilidade pela morte de Duclerc, Dinah, mesmo se posicionando de modo diferente em suas declarações, não insere no romance respostas definitivas acerca de Bento do Amaral (Coutinho?).

A ambiguidade que cerca essas duas personagens de *Os invasores* pode ser compreendida como um exemplo emblemático do questionamento da história empreendido pela obra. Inês é envolvida em boatos, e informações contraditórias a cercam. Algumas personagens a difamam, outras a defendem, e outras ainda se valem dessas informações duvidosas quando é conveniente. O mesmo ocorre com Amaral, em sua posição indefinida entre ser ou não a mesma personagem e em ser vilão em uma história e herói em outra. Esse tipo de distorção da história também pode ser visto no tratamento que a autora escolhe dar à participação dos estudantes na defesa contra os franceses. Conforme é apontado por diferentes historiadores, os alunos do Colégio Jesuíta atuaram no conflito. Dinah, entretanto, amplia em seu romance a importância dos estudantes bastante além do que é registrado, atribuindo a eles o soar dos sinos que acabou enganando os invasores e levando ao êxito brasileiro. Esse exagero na participação dos estudantes ganha especial relevância ao se recuperar o contexto histórico do momento da publicação de *Os invasores*: chama a atenção o fato de que o romance, surgindo nas páginas de *O Cruzeiro* nem um ano depois do golpe de 1964, exalte a participação ativa e decisiva de estudantes perante um opressor violento, em um momento da história brasileira em que o movimento estudantil sofria especialmente com a repressão. Assim, ao modificar o papel desempenhado pelos estudantes na invasão liderada por Duclerc, mais do que exprimir o exercício de liberdade de criação ficcional de Queiroz, o romance assinala a possibilidade de diálogo com o momento presente no qual ele era produzido. E hoje, sessenta anos após a publicação de *Os invasores*, seu caráter provocativo, cômico e questionador segue mantendo viva sua atualidade.

Ana Cristina Steffen é doutora em letras pela Pontifícia Universidade Católica do Rio Grande do Sul (2023). Sua atuação como pesquisadora está voltada principalmente às áreas da literatura brasileira, teoria e crítica feministas e à obra da escritora Dinah Silveira de Queiroz. Atualmente é servidora pública da Secretaria de Estado da Cultura do Rio Grande do Sul.

Sobre a autora

Dinah Silveira de Queiroz nasceu em 1911, na cidade de São Paulo, em uma família profundamente dedicada às letras: filha de Alarico Silveira, advogado, político e autor da *Enciclopédia Brasileira*; sobrinha de Valdomiro Silveira, um dos fundadores da literatura regional brasileira, e de Agenor Silveira, poeta e filólogo; irmã de Helena Silveira, contista, cronista e romancista, e do embaixador Alarico Silveira Junior; e prima do contista e teatrólogo Miroel Silveira, da novelista Isa Silveira Leal, do tradutor Breno Silveira, do poeta Cid Silveira e do editor Ênio Silveira.

Floradas na Serra é seu primeiro livro. Lançado em 1939, tem como personagem principal Elza, que viaja para Campos do Jordão para tratar-se de tuberculose, doença que na época tinha elevadas taxas de mortalidade no país, e se apaixona por Flávio, também em tratamento. Tornou-se de imediato um *best-seller* — a primeira edição esgotou-se em pouco mais de um mês. Após ser contemplado com o Prêmio Antônio de Alcântara Machado, da Academia Paulista de Letras (1940), foi editado na Argentina e em Portugal. No Brasil, foi adaptado para o cinema em 1954, em filme estrelado por Cacilda Becker e Jardel Filho, e tornou-se um sucesso da cinematografia nacional.

Em 1941, publicou o volume de contos *A sereia verde*. Uma das histórias, intitulada "Pecado", foi traduzida para o inglês por Helen Caldwell e obteve o prêmio de melhor conto latino-americano, escolhido entre cento e cinquenta obras de ficção.

Margarida La Rocque (1949) logo despertou a atenção de editores estrangeiros. A personagem que dá título ao livro confessa sua história a um padre: a trágica profecia que precedeu seu nascimento, a mocidade cercada de cuidados e mimos, o casamento, até chegar ao ponto central da trama — o período em que foi abandonada em uma ilha habitada por animais e seres estranhos. Foi vertido para o francês, com o título de *L'île aux démons* [A ilha dos demônios], e recebeu da escritora Colette o elogio "*Le meilleur démon de notre enfer!*" [O melhor demônio do nosso inferno]. Foi também lançado na Espanha e no Japão.

ACERVO DA FAMÍLIA

Depois de ter sido apresentado em capítulos na revista *O Cruzeiro*, o romance *A muralha* é publicado integralmente em 1954. O livro, que homenageia a terra onde nasceu, foi outro *best-seller*. Recebeu a Medalha Imperatriz Leopoldina por seus méritos históricos, e, no ano de seu lançamento, a autora foi contemplada com o Prêmio Machado de Assis, da Academia Brasileira de Letras, pelo conjunto de sua obra. *A muralha* foi por várias vezes objeto de adaptação no rádio e na TV brasileiros e lançado em Portugal, no Japão, na Coreia do Sul, na Argentina, na Alemanha e nos Estados Unidos.

Os invasores (1965) foi elaborado enquanto a autora morava em Moscou e retrata o período em que a cidade de São Sebastião do Rio de Janeiro foi atacada por corsários franceses, ressaltando a coragem da população — em especial das mulheres — ao enfrentá-los. Já *Verão dos infiéis* (1968) foi escrito enquanto ela vivia em Roma e aborda um relevante aspecto político com o qual o Brasil lidava àquela época: a ditadura militar. A obra de Dinah abrange romances, crônicas, contos, artigos e dramaturgia — e a ficção científica nacional teve na autora uma pioneira, uma vez que foi das primeiras a publicar dois livros de contos nesse gênero: *Eles herdarão a terra* (1960) e *Comba Malina* (1969), os quais a Instante compilou no volume *Dinah Fantástica: contos de ficção científicos reunidos — Eles herdarão a Terra e Comba Malina* (2022).

São também de sua autoria: *As aventuras do homem vegetal* (infantil, 1951), *O oitavo dia* (teatro, 1956), *As noites do Morro do Encanto* (contos, 1957), *Era uma vez uma princesa* (biografia, 1960), *A princesa dos escravos* (biografia, 1966), *Café da manhã* (crônicas, 1969), *Eu venho (Memorial do Cristo I, 1974), Eu, Jesus (Memorial do Cristo II, 1977), Baía de espuma* (infantil, 1979) e *Guida, caríssima Guida* (romance, 1981).

Em 1980, Dinah Silveira de Queiroz tornou-se a segunda mulher eleita para a Academia Brasileira de Letras (a primeira havia sido Rachel de Queiroz). Faleceu dois anos depois, em 1982, aos 71 anos.

Sobre a concepção da capa

Toile de Jouy é a clássica estampa francesa que nos inspirou com seu estilo característico de desenhos ricos em detalhes retratando cenas burguesas ou marcos históricos. Nesta representação da invasão francesa ao Rio de Janeiro em 1710, vemos o cenário da Baía da Guanabara e os navios corsários tentando transpassar os canhões da Fortaleza de Santa Cruz.

A diversidade e a complexidade das mulheres desta trama épica são representadas por Daniela, Luisita e dona Inês. Daniela usa uma veste de estampa delicada, e os pés descalçam reforçam sua inocência. Luisita é a jovem representada como uma figura altiva, e as estampas de sua roupa refletem sua personalidade vibrante. Dona Inês é uma personagem de destaque no grupo de mulheres: sua beleza e sua posição social a colocam em evidência, mas também a tornam vulnerável; na capa a vemos transitando em sua liteira.

Muito presente na história, a religiosidade católica é simbolizada por estátuas e edificações históricas. São Sebastião (padroeiro da cidade do Rio de Janeiro) e Santo Antônio são os santos de grande devoção popular. O Colégio Jesuíta, a Igreja da Candelária e o Mosteiro de São Bento, além de serem marcos importantes da cidade, também foram cenários de confrontos. Inspiradas em modelos árabes, as adagas representam os ciganos que habitavam em grande número o Rio de Janeiro colonial e foram usadas contra os mosquetes franceses nos embates entre patriotas e invasores.